Heartland
Vol vertrouwen

Paardenranch

Heartland

Heartland
Vol vertrouwen

Lauren Brooke

2e druk

KLUITMAN

Met speciale dank aan Gill Harvey.

Voor Kevin Yates, een goede vriend van Heartland en van mij

Omslagontwerp: Design Team Kluitman
Omslagillustratie: George Schriemer
Nederlandse vertaling: Sofie de Lint
Dit boek is gedrukt op chloorvrij gebleekt papier,
dat afkomstig is van hout uit productiebossen.

Nur 283 / G060502
ISBN 90 206 2149 1
© MMIV Nederlandse editie:
Uitgeverij Kluitman Alkmaar B.V.
© MMII Working Partners Ltd.
First published by Scholastic Inc., New York.
Oorspronkelijke titel: *Heartland – Every New Day*

www.kluitman.nl

BIJ KONINKLIJKE BESCHIKKING
HOFLEVERANCIER

Hoofdstuk 1

Het paard stormde over het zand, zijn staart wapperend in de wind. Met ingehouden adem luisterde Amy naar het geluid van zijn stampende hoeven. Paard en ruiter leken één geheel, zo moeiteloos bleef de ruiter zitten bij de overgang naar rengalop. Na een paar stappen ging het paard soepel terug in een langzame galop en daarna in draf.

Het paard stak trots zijn neus in de lucht. Het was een prachtig dier. De man op zijn rug had geen teugels in zijn handen en reed zonder zadel, maar het respect dat de man en het paard voor elkaar hadden, was duidelijk te zien.

Amy moest even slikken. Ze wist al heel veel over de speciale band die mensen en paarden konden hebben, maar zoiets bijzonders had ze nog nooit gezien. Het paard reageerde uit eigen vrije wil op de kleinste bewegingen van de indiaan op zijn rug.

Ze wachtte het paar op bij het hek van de rijbaan. Het gezicht van de oude man was ondoorgrondelijk, maar ze zag een warme gloed in zijn ogen toen hij zich van de rug van het paard liet glijden.

Amy stelde zich voor. „Hallo, ik ben Amy Fleming. Bent u Huten Whitepath?"

De man bleef zwijgen terwijl hij haar onderzoekend aankeek en het hek openmaakte.

„Uw zoon, Bill, heeft me hierheen gestuurd," legde Amy uit. „Ik ben in de buurt op vakantie met mijn zus. U heeft mijn moeder gekend, Marion Fleming van boerderij Heartland in Virginia. We komen een boek terugbrengen dat ze van u had geleend."

De oude man knikte in herkenning. „Marion Fleming," mompelde hij. „Die vrouw met de bijzondere gave." Hij leek zich opeens te realiseren wat Amy precies had gezegd en fronste zijn wenkbrauwen. „Heeft gekend?"

„Ja," zei Amy zacht. „Ze... Ze is vorig jaar overleden." Amy had de dood van haar moeder wel verwerkt, maar toch voelde ze altijd een steek van verdriet als ze erover praatte.

Ook de ogen van de oude man stonden opeens verdrietig. Hij keek Amy nu aandachtiger aan. „Jij bent hier eerder geweest," zei hij zacht. „Ik herinner me je gezicht."

Amy knikte verbaasd. Dat hij dat nog wist! „Ja, ik ben hier met mijn moeder geweest. Maar ik was toen pas zes."

Ze kon zich niet alles meer herinneren van de reis die ze met haar moeder naar Ocanumba had gemaakt, hoog in de bergketen de Appalachen. Het was dan ook al negen jaar geleden. Maar een paar dingen wist ze nog precies. Veel warmte en gelach, als in een grote, vrolijke familie.

Huten Whitepath stapte met het bonte paard de rijbaan

uit. Het paard volgde de man op de voet, nog steeds zonder halster of touw. Met z'n drieën liepen ze een pad op, dat daar langs de berg omhoog liep.

„Ik vond het geweldig om u te zien rijden, meneer Whitepath," zei Amy, die naast Albatros liep. „U gaat op een heel bijzondere manier met paarden om."

De oude man glimlachte langzaam. „Noem me maar gewoon Huten, net als iedereen doet," begon hij. „Albatros is bijzonder, ik niet," ging hij verder. Hij aaide het paard over zijn hals. „Iedereen dacht dat hij vals was, maar dat is hij helemaal niet. Hij weet alleen heel goed wat hij wil. En hij heeft niet zoveel respect voor de meeste mensen."

„Mijn moeder zei altijd dat valse paarden niet bestaan."

„Ze had gelijk. Bij de meeste paarden heeft het geen zin om ze te dwingen iets te doen. Als een paard iets niet wil, heeft-ie daar meestal een goeie reden voor."

Amy knikte. Dat was ook iets dat ze van haar moeder had geleerd. Maar Amy had nog nooit een paard gezien dat zo gewillig was als Albatros, die zich zonder zadel of hoofdstel liet leiden. Naast haar brieste het paard en hij schudde zijn hoofd tegen de vliegen. Amy wapperde ze weg en kriebelde hem op zijn hals. Het was vast een heel bijzonder paard, en ze kon zich voorstellen dat dat veel te maken had met de manier waarop Huten met hem omging.

Amy's zus stond aan het eind van het pad op hen te wachten, haar korte blonde haar glanzend in de zon.

„Dat is mijn zus," gebaarde Amy. „Ze heet Louise, maar we noemen haar eigenlijk altijd Lou. Ze is een eindje door het bos gaan wandelen toen ik naar u ging."

„Zij was er niet bij toen je met je moeder hier was," merkte Huten op.

Amy was weer onder de indruk van zijn goede geheugen. „Dat klopt. Lou heeft in Engeland gewoond. Ze is pas na haar afstuderen naar Amerika gekomen."

„Lou, dit is Huten Whitepath," zei Amy, toen ze haar zus bereikt hadden.

Lou stak haar hand uit en lachte. „Hallo!"

Huten schudde haar vriendelijk de hand. „Gaan jullie maar naar binnen, ik zet Albatros even op stal."

Amy en Lou liepen samen het pad af naar een grote houten blokhut, die tussen een paar enorme beuken stond.

„Lou, ik heb net gezien hoe hij op Albatros reed en het was te gek! Ik wou dat je erbij was geweest. Huten heeft zo'n ongelooflijke band met dat paard; het is alsof ze elkaars gedachten kunnen lezen. Geen wonder dat mam hier zo graag kwam."

Lou lachte. „Nou, ik heb heerlijk in het bos gewandeld. Het is hier zo rustig. Fijn om er even tussenuit te zijn, hè?"

Amy knikte en ademde de frisse lentelucht in. Ocanumba lag midden in een kilometers groot bos.

Uit de blokhut kwam een indiaanse vrouw naar buiten. „Hallo." Ze glimlachte en gaf de zussen een stevige hand. „Ik ben Barbara, de vrouw van Bill. Hij zei dat jullie hier waren om Huten op te zoeken. Kom binnen!"

Ze liepen achter haar aan het huis in. Het was binnen ruim en gezellig, met prachtige wandkleden aan de muren. Barbara ging hen voor naar de keuken, waar een houtkachel en een lange tafel stonden.

„We zitten eigenlijk altijd hier," zei ze. „Het is de warmste plek in het huis. De winters hier zijn nogal heftig." Ze stak haar hoofd om een hoek van de keukendeur. „Carry, kom eens gedag zeggen!" riep ze naar de andere kamer.

Een paar tellen later kwam een meisje binnen dat een paar jaar ouder was dan Amy. Het viel Amy op hoeveel ze op Huten leek. Ze was klein, met hetzelfde pezige lichaam en de opvallende wenkbrauwen van haar opa, maar het was meer dan dat. Ze straalde net zoveel zelfvertrouwen uit en was even gereserveerd als ze naar mensen keek.

„Hallo, ik ben Amy Fleming."

„En ik ben Lou."

„Hoi," zei Carry, nogal kortaf.

Amy keek haar nieuwsgierig aan. Ze mocht dan wel heel veel op haar opa lijken, maar Carry leek nog geslotener dan Huten, alsof ze geen zin had om met vreemden te kletsen.

„Ga lekker zitten," zei Barbara. „Bill en Huten zullen zo wel komen. Ik heb vanochtend een notentaart gemaakt, en die moet op. Ik ben blij dat jullie er zijn."

Net op dat moment kwamen Bill en Huten binnen en een paar minuten later stond er dampende koffie op tafel. Barbara gaf iedereen een stuk taart.

„Zo, dus jullie zijn hier een paar weken op vakantie?" informeerde Bill met een vriendelijke glimlach. Anders dan Huten en Carry, was hij heel open en spraakzaam. Net als Barbara, dacht Amy bij zichzelf.

„Jammer genoeg niet," zei Lou. „Alleen dit weekend. We

zijn vrijdagavond aangekomen en morgenochtend moeten we alweer terug. We kunnen eigenlijk niet langer dan twee dagen van Heartland weg zijn."

„Wat is Heartland?" vroeg Carry.

„De boerderij waar we wonen," legde Amy uit. „Die is van onze opa, Jack Bartlett. Hij heeft jaren koeien gehouden en toen hij met pensioen ging, heeft mijn moeder er een pension voor paarden van gemaakt. Paarden die hulp nodig hebben omdat ze zijn mishandeld of gedumpt."

Huten keek haar geïnteresseerd aan. „En wie behandelt de paarden nu Marion er niet meer is?" Bij Hutens woorden keken Carry, Bill en Barbara verrast naar Amy.

Maar gelukkig gaf Lou antwoord. „Dat doet Amy." Lou had haar zakelijke stem opgezet. „Samen met een van de stalhulpen, Ty. Ze hebben mams methodes overgenomen. Op Heartland doen we nog steeds hetzelfde als toen mam ermee begon."

„We gebruiken een heleboel verschillende behandelingen. Het hangt ervan af wat het probleem is," voegde Amy eraan toe. „Maar het belangrijkste is dat we altijd naar de paarden luisteren, net als jullie hier doen."

Huten knikte traag en leek in zijn eigen gedachten af te dwalen.

„Hoe groot is Heartland?" vroeg Bill.

„We hebben achttien boxen," vertelde Amy, „maar meestal hebben we maar zestien of zeventien paarden."

„Moet je dan niet naar school?" vroeg Carry nieuwsgierig.

„Tuurlijk wel," lachte Amy. „Maar ik sta elke ochtend

om zes uur op om te helpen met voeren en uitmesten en als ik thuiskom, ga ik met de paarden aan het werk."

Carry trok haar wenkbrauw op. „Dan moet je wel bekaf zijn."

Op de een of andere manier ergerde Amy zich aan haar. Ze ging automatisch in de verdediging. „Ja, maar ik vind het te gek," zei ze vol overtuiging. Toch was ze van binnen een beetje in de war. Waarom deed Carry zo kritisch over haar liefde voor paarden? Hoe zou het komen dat Carry, met zo'n opa als Huten, er niet net zo over dacht?

Opeens schrok Huten wakker uit zijn overpeinzingen. Hij leunde naar voren in zijn stoel en zijn donkere ogen keken Amy onderzoekend aan. „Weet je nog veel van de vorige keer dat je hier was, Amy?"

„Niet zoveel," gaf ze toe. „We waren hier niet zo lang. Ik weet nog wel dat mam het hier heel fijn vond."

Ze keek even naar Lou. Negen jaar geleden had hun moeder het nog heel moeilijk gehad met het feit dat haar man, Tim, was weggegaan. Hij was een Olympisch spring-ruiter, maar nadat hij een vreselijk ongeluk had gehad en ernstig gewond was geraakt, had hij hen zonder iets te zeggen in de steek gelaten.

Huten knikte. „Ja. Ze was blij omdat ze haar echte ik vond, haar gave voor genezen."

Amy luisterde. Het was wel gek om een vreemdeling te horen die zo goed begreep wat haar moeder had gevoeld.

„En vanuit dat nieuwe, blije gevoel heeft ze me iets be-loofd," ging Huten verder. „Een belofte die ze nooit heeft waargemaakt."

„Wat dan?" Amy kreeg een raar gevoel in haar buik. Ze vond het vreselijk als iemand iets vervelends over haar moeder zei.

„Dat ze terug zou komen. Ze beloofde dat ze hier een paard naartoe zou brengen zodat we er samen mee konden werken." Hij was even stil. „Ze zei dat ze het zou aanvoelen als de tijd gekomen was, en dat ze dan naar me toe zou komen."

Amy keek weer even naar Lou. De laatste maanden hadden ze al meer dingen over Marion gehoord die ze nooit hadden geweten.

„Maar ze kwam niet terug," ging Huten verder. „Die tijd kwam niet, en nu is er geen tijd meer."

Amy haalde diep adem. „Het was altijd heel druk op Heartland. Misschien…" Haar stem stierf weg.

Huten glimlachte. „Ik weet het. Ik begrijp het wel," zei hij. „De juiste tijd is vaak moeilijk te herkennen."

Het gezelschap rond de tafel viel stil. Amy dacht over Hutens woorden na en keek expres niet naar Lou, want ze voelde wel dat haar zus zich wat ongemakkelijk voelde. Ook Amy vond het een beetje raar. Het leek wel alsof Huten op de een of andere manier meer over hun moeder wist dan zij en Lou zelf. En nu leek het ook alsof hij op zijn tenen was getrapt omdat haar moeder haar belofte niet was nagekomen. Ze wist even niet zo goed wat ze moest zeggen. De rest van de familie was de stiltes blijkbaar wel gewend en Bill vroeg om nog een stuk taart.

„We hebben uw boek meegebracht," zei Amy na een tijdje.

Huten knikte. „Ik weet over welk boek je het hebt. *Luisteren naar de stilte.*"

Amy pakte haar tas en viste er een klein boekje uit. De harde kaft was blauw, de randen waren een beetje verbleekt. „Alstublieft." Ze gaf het aan Huten. Even aarzelde ze maar ze zei toen: „U hebt er iets in geschreven. *Als je geen antwoorden meer in dit boek vindt, is het de juiste tijd.* Ik denk dat ik het begrijp."

„Bedankt," zei Huten zacht.

Amy slikte. „Het spijt me echt dat die tijd nooit is gekomen."

Bill verbrak de stilte die na Amy's woorden viel. „Ik zal jullie de rest van de stallen laten zien," bood hij aan. „Voelen jullie daarvoor?"

„Nou, graag!" zei Amy enthousiast. Een beetje afleiding leek haar niet verkeerd.

De schaduwen van de bomen werden al langer door de lage middagzon toen ze naar buiten kwamen.

Samen met Lou liep Amy achter Bill aan het pad af.

„Er zijn hier in de buurt best veel maneges," vertelde Bill. „Veel mensen die hier op vakantie komen, willen een ritje maken over de heuvels. Maar we hebben hier op Ten Beeches niet zoveel toeristen. Huten en ik houden ons meer bezig met probleempaarden."

„Net als wij op Heartland," knikte Amy.

„Dat is vast ook waarom je moeder je toen hier mee naartoe heeft genomen," zei Bill. Hij ging hen voor naar de stallen, waar paarden uit hooinetten stonden te eten.

13

„Weet je, we zeggen wel dat we alleen met paarden wer-ken, maar eigenlijk behandelen we net zoveel mensen," ging Bill verder. „Mensen voelen zich tot deze plek aange-trokken. Het lijkt of ze in Ocanumba antwoord vinden op hun vragen. Dit gebied heeft een bijzondere sfeer, een voelbare geschiedenis, ik denk omdat de indianen zich diep verbonden voelen met de aarde. We houden van onze tradities en doen ons best om die in ere te houden."

Terwijl ze langs de stallen liepen, dacht Amy na over wat Bill had gezegd. Veel van wat hij had genoemd gold ook voor Heartland. Hun land was ook zo vredig, omgeven door heuvels.

Ze bleef staan bij de stal van een pony met een dikke vacht. Hij zag er sterk en taai uit en Amy dacht dat hij wat mustangbloed had. Ondanks zijn dikke vacht kon ze wel zien dat hij te mager was. Ze stak haar hand uit, maar de pony schrok en ging achter in zijn stal staan. Zenuwachtig keek hij haar aan.

„Deze lijkt heel ongelukkig," zei Amy zacht. Ze voelde medelijden met het bange dier.

„Dat is Maverick," vertelde Bill. „Hij heeft geen leuk le-ven gehad, en hij was broodmager toen we hem kregen. Het heeft eindeloos lang geduurd om hem zo te krijgen als hij nu is, en hij is nog steeds veel te dun. En bovendien is hij half wild. Het is niet makkelijk om hem aan ons te laten wennen."

Amy wilde heel graag de stal in. Iets in de pony trok haar erg aan. Maar het was wel duidelijk dat Lou zich zor-gen begon te maken over de tijd.

„Amy, we moeten nu echt gaan," drong Lou aan. „Het is al laat en we moeten nog een heel eind rijden naar het hotel."

„Oké," zei Amy met tegenzin. „Laten we iedereen maar gedag gaan zeggen."

Op de terugweg naar het huis zag Amy dat de eerste sterren aan de hemel boven de donkere berg stonden. Ze zuchtte diep. Het was hier echt te gek.

„Jammer dat we niet hier kunnen blijven."

„Dus je mist Heartland helemaal niet?" plaagde Lou. „Zelfs niet een zeker persoon op Heartland?"

Amy's mondhoeken gingen omhoog. Lou bedoelde de verkering van Ty en Amy. Amy vond het nog steeds een beetje gek om aan te denken. Ze hadden nog maar pas wat met elkaar en waren daarvoor lang vrienden geweest.

„Nou..." bekende Amy. „Eigenlijk vind ik niet echt rot om terug te gaan."

„De juiste tijd is vaak moeilijk te herkennen," peinsde Amy hardop de volgende ochtend. Lou en zij zaten samen in de auto, op weg terug naar Heartland. „Wat denk je dat Huten daarmee bedoelde? En waarom zou mam nooit terug zijn gegaan?"

Lou aarzelde. „Volgens mij wilde ze niet terug."

„Hoezo?" vroeg Amy. Ze dacht terug aan de vorige dag, toen Lou zich duidelijk ongemakkelijk had gevoeld tijdens het gesprek met Huten.

„Nou, het is altijd heel druk op Heartland en het is natuurlijk gek om zo ver met een paard te gaan slepen. Ze

15

zei vast alleen uit beleefdheid dat ze terug zou komen. Maar Huten deed net alsof ze een belofte aan zichzelf niet is nagekomen. Of aan hem. Ik snap niet waarom hij er zo moeilijk over deed."

Amy fronste haar voorhoofd. Zij had het helemaal niet zo opgevat. Ze wist dat Marion alles zou hebben gedaan voor een paard als ze dacht dat het zou helpen. Ze zou een rit naar de Appalachen heus niet te ver hebben gevonden. Bovendien dacht Amy dat haar moeder een hele bijzondere tijd had gehad in Ocanumba en dat ze zeker graag terug zou zijn gegaan.

Maar Amy wist ook dat zij en Lou niet hetzelfde tegen dingen aankeken. Ze hadden het allebei moeilijk gehad met alle veranderingen in hun leven sinds hun moeder dood was. Lou was teruggekomen naar Heartland om de zakelijke kant van het bedrijf te regelen en had daarvoor haar baan bij een bank in Manhattan opgegeven. Ook had Lou hun vader, Tim, opgespoord om te proberen het gezin weer bij elkaar te brengen. Drie weken geleden hadden ze hem eindelijk weer gezien, toen hij voor een zakenreis naar Amerika was gekomen.

Het bezoek was niet makkelijk geweest. Lou bleek niks meer met hem te hebben, terwijl Amy juist een onverwachte band met hem had gekregen. De meiden hadden heel veel emoties te verwerken gehad en daarom had hun opa voorgesteld dat ze samen een weekendje weg zouden gaan. Ze hadden het eerst maar een gek idee gevonden, maar toen Amy in Marions oude kamer weer eens op het boek *Luisteren naar de stilte* was gestuit, had ze bedacht dat het terugbrengen ervan een mooie reden was om samen met Lou naar Ocanumba te gaan.

Amy dacht na over wat Lou had gezegd. „Ik denk niet dat Huten bedoelde dat mam iemand had teleurgesteld," zei ze langzaam. „Ik had het idee dat hij heel erg close met haar was en dat hij verdrietig was dat hij haar nooit meer zou zien. Volgens mij probeerde hij te zeggen dat het soms moeilijk is om te zien wat het goeie moment is om ergens tijd voor vrij te maken. En nu is het te laat."

Lou haalde haar schouders op. „Ik vraag het me af," zei ze voorzichtig. „Bovendien hangt het er uiteindelijk maar van af of iets wel praktisch is en zo."

„Praktisch?" plaagde Amy. „Echt weer iets voor jou, Lou. Praktisch!"

Lou werd een beetje rood, maar moest toch lachen. „Nou, iemand moet hier toch zijn gezonde verstand blijven gebruiken!"

Amy grinnikte en keek uit het raam. Misschien had Lou wel gelijk. Misschien moest ze niet denken dat Marion haar kans om terug te gaan naar Huten had gemist. Dingen gebeuren of ze gebeuren niet. Maar Amy had het gevoel dat er iets bijzonders was aan de manier waarop Huten naar dingen keek. En dat Marion daar al die jaren geleden diep door was geraakt. Misschien had Lou het ook gevoeld, als ze hem op Albatros had zien rijden.

„Zullen we eerst nog even langs de supermarkt gaan?" vroeg Lou. „Dan hoeven we niet nog een keer te rijden. Of wil je gelijk naar huis?"

„Nee hoor, laten we nu maar even gaan."

Ze waren al in de buurt van hun woonplaats en Lou draaide de parkeerplaats van de supermarkt op.

„Lou!" riep Amy toen ze een plekje hadden gevonden. „Daar loopt Ty!" Ty ging net de deur van de winkel in. „Ik ga even een sprintje trekken," grijnsde Amy. „Moet ik je nog ergens mee helpen, of kan ik met hem mee terug?"

„Je gaat je gang maar." Lou moest lachen om Amy, die het portier aan haar kant al open had gegooid. „Ik zie je wel weer op Heartland."

Amy sprong uit de auto en racete naar de winkel. Binnen was Ty verdwenen tussen de massa winkelende mensen. Ze zocht de gangpaden af.

Opeens zag ze hem in de verte. „Ty!"

Ty keek verbaasd om. „Hé, Amy!"

Ze liepen naar elkaar toe. „Wat doe jij hier? O, ik heb je gemist!"

Voordat Amy antwoord kon geven, sloeg Ty zijn armen om haar heen. Verrast keek Amy naar hem op en lachte. Hij grijnsde terug en boog zijn hoofd om haar te zoenen.

Amy dook weg. „Ty!" protesteerde ze. „We staan midden in de supermarkt!"

„Nou en? Wat maakt dat nou uit?"

„Goeie vraag, Amy," klonk opeens een stem achter hen. Snel draaide Amy zich om. O nee, hè! Ashley Grant!

Ashley zwiepte haar perfect geknipte blonde haar over haar schouder en lachte triomfantelijk naar Amy. „Kijk eens aan, een romance tussen de wasmiddelen! Wat schattig. Je probeerde dit toch niet geheim te houden, hè?"

Amy staarde haar aan, terwijl ze haar wangen voelde gloeien. Ashley was wel de laatste die ze over haar verkering met Ty zou hebben verteld. Ashley zat bij Amy in de klas, en ze was altijd gemeen aan het roddelen. Vooral over Amy.

„Maar ik ben het helemaal met Ty eens. Waar kun je nou beter een relatie aankondigen dan in de supermarkt?" Een zelfvoldane grijns verscheen op Ashley's gezicht.

„Dit gaat je geen bal aan, Ashley," zei Amy kil.

„Natuurlijk niet," antwoordde Ashley. „Maar je moet toch toegeven dat het niet erg zakelijk is om iets met je stalhulp te beginnen. Niet dat het me verbaast, hoor. Heartland is nou eenmaal niet het chicste bedrijf."

Amy voelde de woede omhoog borrelen. Alsof Ashley verstand had van paarden, of zelfs maar van mensen! Haar moeder, Val Grant, had een deftige manege, die Green Briar heette. Ze trainde daar als robots afgerichte wedstrijdpony's. Haar methode was er een van strenge discipline en dwang en haar paarden werden niet met respect voor hun eigen aard behandeld. Green Briar was het tegenovergestelde van Heartland. Amy wilde iets onaardigs terugzeggen, maar Ty pakte haar bij haar arm.

„Kom mee," zei hij zacht. „Ze is het niet waard, echt niet."

Amy slikte haar woorden in en draaide Ashley haar rug toe.

„Nog een prettige dag!" riep Ashley hun na. „Maar dat zal vast wel lukken."

Hoofdstuk 2

„Goed zo, Mercury," prees Amy de schimmelruin die op
een volte om haar heen draafde. Zijn hals was gebogen en
hij liep heel mooi. „Zo ben je braaf!" Ze liet hem halt houden, liep naar hem toe en maakte de longeerlijn los.

„En nu zonder mij." Ze liep terug naar het midden van
de trainingsring en rolde de longeerlijn op. „Draf!" riep ze.
Gehoorzaam ging Mercury vlot voorwaarts in draf.

Amy keek ingespannen toe hoe de ruin bewoog. Mercury was een jong springpaard, dat een week geleden op
Heartland was gebracht. Iets in zijn manier van bewegen
deed Amy denken aan hoe Albatros de dag ervoor met
Huten had gelopen. Net als Albatros reageerde Mercury
gewillig op alle opdrachten en draafde hij soepel door de
ring, zijn oren naar voren gespitst. Helaas wordt er meer
van je verwacht, dacht Amy bij zichzelf. En daar ligt nou
net het probleem.

Mercury was van twee bekende paardentrainers, Gabriel
Adams en Bruce Haslam. Zij hadden hem toen hij nog

jong was op een wedstrijd ontdekt, waar hij veel talent liet zien. Ze hadden gevolgd hoe hij zich ontwikkelde en waren verbaasd geweest toen hij opeens veel minder goed ging springen. Een jaar later hadden ze een advertentie gezien waarin hij te koop werd aangeboden en waren ze gaan kijken. Mercury sprong nog steeds niet goed, maar de twee trainers hadden al snel ontdekt wat het probleem was. De vorige eigenaars gaven openlijk toe dat ze aan barreren deden, een trainingsmethode waarbij ze het paard met een stok tegen zijn benen sloegen boven een hindernis, zodat het hoger ging springen.

Gabriel en Bruce hadden hem gekocht omdat ze dachten dat ze de schade van het barreren snel zouden kunnen verhelpen. Maar Mercury wilde niet meer springen. Hij weigerde zelfs voor de kleinste hindernissen. Niets leek te helpen, dus hadden ze hem naar Heartland gebracht.

„Draaien!" riep Amy. Mercury draaide zich keurig om en draafde de andere kant op. Amy zag dat hij zich goed kon bewegen. Het was duidelijk dat Mercury prima zou kunnen springen als hij dat zou willen. Hij blaakte van gezondheid en zijn vacht glom in de middagzon. Bovendien was zijn hele lijf strak en gespierd, precies zoals dat bij een springpaard hoorde.

Amy zag dat Ty over het hek was komen leunen en liet Mercury weer halt houden. Ze pakte hem bij zijn halster en ging met hem naar het hek. Daar lachte ze wat ongemakkelijk naar Ty. Ze voelde zich nog steeds een beetje opgelaten om wat er in de supermarkt was gebeurd, maar wilde heel graag met hem over Mercury praten.

„Hoe gaat het met hem?" vroeg Ty. „Het zag er wel goed uit."

„Ja, hè! Ik denk dat we weer helemaal bij het begin moeten beginnen. Eerst drafbalken op de grond leggen voor hem. Als we ervoor kunnen zorgen dat hij zich ontspant en als hij begrijpt dat niemand van plan is om tegen zijn benen te slaan, gaat hij het misschien langzaamaan weer leuk vinden om te springen."

Ty knikte. „Klinkt logisch. Zal ik een paar balken halen?"

„Graag. Ik hou hem wel op een volte aan de andere kant van de bak terwijl jij ze klaarlegt."

Ty haalde snel een aantal balken uit een hoek van de bak en legde ze in een rechte lijn op de grond, steeds met één paardenstap ertussen. De ruin zou niet eens hoeven springen, maar alleen zijn voeten een beetje optillen bij het draven.

„Oké, ga je gang!" riep hij toen hij klaar was.

Amy liep met Mercury naar de kant waar de balken lagen en maakte de longeerlijn weer aan zijn halster vast. Ze liet hem opnieuw in draf overgaan, deze keer op een volte die over de balken ging.

Bij de eerste balk verstijfde de ruin. Zijn hoofd schoot omhoog en hij sprong wild opzij.

„Draaf door!" riep Amy op een beheerste toon. De ruin deed wat ze zei, maar hij draafde niet over de balken. Hij stapte er zenuwachtig omheen en verloor ze geen moment uit het oog. Er was niets over van het kalme, brave paard dat hij eerst was geweest.

Amy liet hem verder draven op de volte tot hij weer bij

de balken kwam.

„Toe maar, jongen," spoorde ze hem aan. Maar weer ontweek de ruin angstig de balken.

„Hij wil echt niet," zei Amy tegen Ty. Ze stuurde Mercury weg bij de balken en liet hem ronddraven tot hij weer rustig werd. Daarna liet ze hem halt houden. Ze liep naar hem toe en klopte hem op zijn hals. Zijn vacht schuimde nog steeds van het zweet, maar hij was alweer gekalmeerd. Ze leidde hem terug naar Ty.

„Ik denk dat we echt heel, heel langzaam met hem moeten doen," zei ze. „Hij wil heel graag voor me werken zolang hij maar niet over die balken hoeft. Ik denk dat hij dat barreren echt helemaal niet trok. Het lijkt wel of hij er een trauma aan heeft overgehouden."

Ty knikte en keek naar Mercury's grote, intelligente ogen en zijn gespitste oortjes. Hij ademde snel, zoals fijngevoelige paarden dat wel vaker deden. „Hij doet me erg aan Red denken."

„Nou, dat dacht ik ook net!" zei Amy. Red was het paard van Ben, de andere stalhulp. Het was een heel goed, jong springpaard. „Ze hebben echt hetzelfde soort temperament." Opeens bedacht ze zich iets. „Ty, misschien moeten we Ben vragen om met Mercury te helpen. Hij is hier nu al bijna zes maanden en hij heeft nog helemaal niet veel gedaan. Ik bedoel, hij heeft natuurlijk onwijs veel in de stallen gewerkt, maar hij is nog niet echt bezig geweest met het behandelen van de paarden. En daar is hij hier eigenlijk voor, om dat te leren."

„En hij weet precies hoe Red in elkaar steekt," knikte Ty

nadenkend. „Goed idee. Hij begrijpt Mercury waarschijn-
lijk beter dan wij samen."

Amy grijnsde. Ty en zij waren het eigenlijk altijd eens
over hoe ze een paard wilden behandelen. „Ik zal het
straks wel tegen hem zeggen," zei ze.

Op weg terug naar de stal met Mercury zag Amy Scott
Trewin over het erf lopen. Scott was de plaatselijke vee-
arts, en hij was Lou's vriendje. Zelfs van een afstand zag
Amy dat hij een grote grijns op zijn gezicht had. Amy en
Ty kwamen dichterbij en Amy stak haar hand op. Scott
zwaaide terug.

„Scott lijkt wel heel erg vrolijk over iets," zei Amy tegen
Ty. „Is er iets gebeurd toen Lou en ik weg waren?"

„Niks. Niet dat ik weet in ieder geval." Ze kwamen dichterbij. „Nou, jullie hebben het wel heel goed geheim gehouden, jongens," riep Scott uit.

Amy keek even met een niet-begrijpende blik naar Ty, en
meteen daarna begon haar iets te dagen. Ashley! Scotts
broer, Matt, had verkering met haar. Ashley had hem vast
verteld dat ze Amy en Ty in de supermarkt was tegengekomen. Maar dat was pas een paar uur geleden.

Waarom kon die stomme Ashley haar mond niet gewoon
houden? Tot Amy's grote verbazing stond Ty te grijnzen.
Ze schudde ongelovig haar hoofd terwijl ze hem aankeek.

„Dat nieuws is ook als een lopend vuurtje rondgegaan,"
zei hij opgewekt.

„Welk nieuws?" Ben kwam een van de stallen in het
voorste blok uit.

Ty legde zijn arm om Amy's schouders. „Nou, we hadden het misschien eerder moeten vertellen, maar…"

„Hebben jullie verkering?" Bens mond viel open. „Dat had ik echt nooit verwacht, maar eigenlijk passen jullie wel perfect bij elkaar. Gefeliciteerd!" Hij sloeg Ty vriendschappelijk op zijn rug.

Amy bloosde. Eigenlijk had ze het nog geheim willen houden. En als het dan toch verteld moest worden, had ze dat natuurlijk zelf willen doen.

Naast haar schudde Mercury met zijn hoofd en Amy klopte hem op de hals.

„Ik ga Mercury even op stal zetten," zei ze zonder iemand aan te kijken. „Hij wordt onrustig."

Ze liet Ty bij Scott en Ben achter en liep naar Mercury's stal. Terwijl ze zijn hoofdstel losmaakte, voelde ze Mercury's adem in haar haar. Ze deed overal zo lang mogelijk over. Ze dacht koortsachtig na. Nu wist dus bijna iedereen het over haar en Ty. Lou had het al eerder zelf geraden en het had ook niet lang geduurd voor Amy's beste vriendin, Soraya, het doorhad. En binnenkort natuurlijk ook iedereen op school, omdat Ashley blijkbaar ontzettend haar best deed om het als een roddelbladjournaliste rond te bazuinen.

Een schaduw verscheen in de deuropening en Amy keek op. Het was Ty.

„Hé," zei hij. „Gaat het?" Hij kwam de stal in.

„Prima," antwoordde Amy een beetje kortaf. Ze trok het hoofdstel over Mercury's oren en hing het over haar schouder.

„Volgens mij niet," zei Ty voorzichtig. „Is er iets mis?"

Amy zuchtte. „Ik wou maar dat Ashley haar grote mond had gehouden. Nou weet iedereen het. Dus nu moeten we het aan opa gaan vertellen, voordat iemand anders dat voor ons doet."

„Maar dat is toch helemaal niet erg?" vroeg Ty. „Dat hadden we toch vroeg of laat moeten doen."

Amy aarzelde. Ze maakte zich ook niet echt zorgen om wat Jack ervan zou vinden. Hij mocht Ty graag, dus hij zou het er vast wel mee eens zijn. Waarom voelde ze zich dan toch zo ongemakkelijk?

„Ik weet niet," mompelde ze. „Het was gewoon makkelijker geweest om het nog een tijdje geheim te houden."

Ty aaide Mercury nadenkend over zijn hals. „Waarom zouden we er stiekem over blijven doen, Amy?" Hij legde zijn hand op haar arm. „Eigenlijk had ik gehoopt dat je het leuk zou vinden als iedereen het wist."

Amy keek hem onderzoekend aan. Ze zag dat hij gekwetst was. „Nou, dat... dat is ook wel zo," stotterde ze. Ze lachte naar hem. „Ik ga het opa vanavond vertellen!"

„Hoi, opa," zei Amy later die avond. „Was het leuk?"

Jack Bartlett was op bezoek geweest bij vrienden en Lou was uitgegaan met Scott. Dus had Amy die avond het hele huis voor zichzelf gehad. Ze had eerst haar weekendtas uitgepakt en toen tv gekeken.

„Heel gezellig," zei Jack. „Maar ik ben wel blij dat jullie weer terug zijn. Hoe was het in Ocanumba? Hebben jullie het leuk gehad?"

„Het was onwijs gaaf. We hebben ontzettend veel lol gehad. En Huten was echt te gek. Ik heb hem aan het werk
gezien met een paard. De band die hij met dat paard had
opgebouwd... Echt ongelooflijk. Ik snap wel waarom mam
het daar zo fijn vond."

Jack Bartlett knikte nadenkend. „Ik weet dat ze daar
heeft geleerd om zich neer te leggen bij het feit dat ze terug was in Amerika. Ze realiseerde zich dat terugkomen
het beste voor haar was. Toen ze weer hier was, heeft ze
zich voor honderd procent op Heartland gestort."

„Dat kan ik me heel goed voorstellen," zei Amy. Ze wist
dat Marion het niet makkelijk had gehad met haar beslissing om terug te gaan naar Virginia. Ze had daarvoor moeten toegeven dat haar huwelijk met Tim voorbij was en dat
hij niet terug zou komen. Maar in Ocanumba, en in Ten
Beeches in het bijzonder, kreeg iedereen de gelegenheid
om goed over een beslissing na te denken.

„Heeft ze het er met jou over gehad?" vroeg ze aan Jack.

Hij fronste zijn wenkbrauwen en deed zichtbaar moeite
om het zich te herinneren. „Ze vertelde wel over wat Huten deed, maar ik weet het niet meer precies. Ze was gewoon veel rustiger toen ze terugkwam. Alsof ze vrede met
de situatie had gesloten." Jack liet zich op de bank zakken
en trok zijn schoenen uit.

Amy peuterde aan haar nagels. Ze besefte dat ze hem nu
over haar en Ty moest vertellen. „Opa..." Ze aarzelde en
gooide het er toen maar uit. „Ik moet even met je praten.
Eigenlijk wou ik dat Ty er ook bij was, maar die moest
naar huis en ik wil het echt nu zeggen."

Haar opa hoorde de ernst in haar stem en ging rechtop zitten. „Wat is er dan?"

„Nou, het gaat over mij en... Ty."

„Ja?" drong Jack vriendelijk aan.

„Eh... We hebben eigenlijk een beetje verkering." Amy keek naar hem op.

Jack lachte warm. „En ik ben zeker weer de laatste die het weet?"

„Maar dat was helemaal niet de bedoeling. Opa, ik wil echt niet dat er iets door verandert. Voor ons werk op Heartland en zo. Ty is altijd zo'n goeie vriend van ons geweest."

„Maar dat hoeft toch ook helemaal niet te veranderen," glimlachte Jack.

„Hartstikke fijn dat je er zo over denkt, opa."

„En waarom niet?" vroeg Jack.

„Tot straks, Ty!" Amy sprintte de volgende ochtend de oprijlaan af om de schoolbus te halen. Ze was zoals gewoonlijk weer veel te laat en had geen tijd om naar hem toe te gaan om gedag te zeggen. Ze hoorde hem terugroepen uit een van de stallen en rende verder.

„Hoi! Hoe was je weekend?" vroeg Soraya zodra Amy op de bank naast haar was neergeploft. „Hoe was het in Ocanumba?"

„Te gek," zei Amy. „De mensen daar zijn zo cool! Ik zou waanzinnig graag nog eens teruggaan om in de heuvels te rijden. Misschien kan ik dan zelfs samen met Huten met de paarden werken." Opeens realiseerde ze zich dat dat idee al de hele tijd door haar hoofd spookte, sinds de oude man haar had verteld wat Marion had beloofd. Ze vertelde Soraya wat Huten had gezegd.

„Wauw, dat is wel een beetje vreemd, hè? Waarom zou je moeder nooit terug zijn gegaan?"

„Ik weet niet. Het is wel raar, want ik kreeg het idee dat zij en Huten heel goed samen konden werken. Ik weet eigenlijk niet meer zoveel over wat ze deed toen we daar waren. Maar Huten zei dat ze een bijzondere gave had wat betreft paarden. Het is er nooit van gekomen, maar ik denk dat ze graag terug zou zijn gegaan."

„Misschien wel." Soraya zwaaide naar Matt, die de bus in stapte. Langzaam liep hij door het gangpad. Even aarzelde hij, alsof hij verder achterin wilde gaan zitten. Maar hij leek van gedachten te veranderen en liet zich op de bank voor de meisjes vallen.

„Hallo," zei hij koel.

„Hoe is het?" vroeg Soraya. „Leuk weekend gehad?"

Amy wou dat ze de tijd had gehad om Soraya te vertellen wat er de vorige dag in de supermarkt was gebeurd.

„Ja hoor," zei Matt. Hij keek Amy scherp aan. „Ik hoor dat jij ook een goed weekend had, Amy."

„O, ging wel, hoor," zei Amy ongemakkelijk.

Soraya keek niet-begrijpend van Amy naar Matt.

Amy bloosde en besloot er verder niet op in te gaan. „Lou en ik zijn naar Ocanumba in de Appalachen geweest."

„Nou, ik heb iets anders gehoord," zei Matt. „Ik hoorde dat je rondhing op de groenteafdeling in de supermarkt."

Amy beet op haar lip. Ze had wel verwacht dat Matt het nieuws niet zo leuk zou vinden, maar had niet gedacht dat hij haar er zo mee zou confronteren.

„O, je hebt Ashley dus gesproken dit weekend," zei ze zo kalm mogelijk.

Matt luisterde niet. „Ik dacht dat je geen verkering wilde met vrienden, Amy."

Amy's wangen werden nog roder. Dat was inderdaad wat ze had gezegd toen Matt verkering aan haar had gevraagd, en nu wist ze even niet hoe ze moest antwoorden. „Dan heb ik me vergist," zei ze na een tijdje.

Matt haalde zijn schouders op en draaide zich om.

„Waar sloeg dat nou weer op?" fluisterde Soraya. „Ik heb hem nog nooit zo kwaad gezien."

Amy grijnsde zuur. „Drie keer raden wie Ty en mij gisteren zag zoenen."

Even keek Soraya haar met een rimpel in haar voorhoofd aan, maar toen werden haar ogen groot van ongeloof. „Nee, hè! Toch niet Ashley?"

„Bingo," zei Amy.

„Ho maar! Rustig, Mercury." Amy klopte de ruin op zijn hals, die was geschrokken van het gerammel dat Soraya met haar fiets maakte toen ze het erf kwam oprijden. Soraya, Ben en Amy hadden afgesproken dat ze na school een buitenrit zouden maken en Amy stond net Mercury op te zadelen.

„Goed zo, jongen," prees ze het paard. „Jij kunt wel een lange rengalop gebruiken, hè?"

„Wat een schoonheid," zei Soraya bewonderend. „Waarom is hij hier?"

„Het is een springpaard," legde Amy uit. „Maar hij wil niet springen omdat zijn eerste eigenaars hem heel hard tegen zijn benen hebben geslagen om hem hoger te laten springen."

„En? Lukt het al een beetje met hem?"

„Nog niet echt," gaf Amy toe. „Ik ga Ben vragen of hij wil helpen. Mercury en Red lijken heel erg op elkaar."

Net op dat moment kwam Ben aan met Red, die hij uit het achterste stallenblok had gehaald. Hij had al opgezadeld en was klaar om te gaan. Hij grijnsde naar Soraya. „Hoi. Op wie ga jij?"

„Wil je misschien op Sovereign?" vroeg Amy. „Hij is nog niet helemaal verkeersmak, maar we gaan vandaag niet over de weg. Ik heb hem al opgezadeld en hij staat in zijn box te wachten."

„Goed, zeg!" zei Soraya. „Ik ga hem wel halen."

Niet lang daarna waren de drie op weg naar Clairdale Ridge, over het pad tussen de bomen. Mercury danste bijna, zo graag wilde hij er in galop vandoor.

„Hij barst van de energie," zei Amy. Ze liet hem rustig in draf overgaan en even draafden ze achter elkaar over het smalle ruiterpad. Toen de weg wat breder werd, gingen ze weer in stap over en kwamen naast elkaar rijden. Mercury en Red strekten uitsloverig hun halzen. Allebei probeerden ze voorop te komen. Mercury schudde met zijn hoofd in een poging om de teugels uit Amy's handen te trekken.

„Moet je die twee nou zien," lachte Soraya. „Die patsers

31

zijn elkaar gewoon aan het opjutten."

Sovereign deed er niet aan mee. Hij bleef bedaard achter de twee druktemakers aanlopen.

Amy knikte. „Ja. Ben, daar wou ik het eigenlijk net met jou over hebben. Ik zat over de behandeling van Mercury te praten met Ty, en het lijkt ons een goed idee dat jij met hem zou werken. Als je daar tenminste zin in hebt, natuurlijk. Wat vind je ervan?"

Ben begon helemaal te stralen. „Te gek! Mercury is echt een paard voor mij. Het zou onwijs zijn om hem weer aan het springen te krijgen."

Amy grijnsde. „Dat dacht ik al. We zijn nu weer helemaal bij het begin begonnen met hem, gewoon dressuuroefeningen met drafbalken op de grond. We hopen dat hij, als hij ons weer leert vertrouwen en begrijpt dat we hem niet tegen zijn benen zullen slaan, het weer leuk gaat vinden om te springen."

Ben knikte. „Dat klinkt logisch. Nou, ik wil jullie graag helpen."

Ze kwamen bij een groot, vlak veld en Ben kneep zijn benen aan om Red in galop over te laten gaan. Met een speelse bok ging het paard ervandoor. Amy hield Mercury even in en liet hem een paar passen achter Red aan galopperen. Soraya ging ook in galop over en de drie paarden stormden in rengalop naar voren. Amy lachte enthousiast. Wauw, wat een kick! Mercury leek niet te stoppen, en het duurde niet lang voor hij naast Red kwam. Hij zette nog eens extra aan en racete erlangs.

Aan het eind van het weiland, op de plek waar het pad

verder ging, lagen een paar kale boomstammen. Amy wist dat Ben er met Red overheen zou springen en daarom liet ze Mercury nu stapvoets lopen. Ben liet Red eerst een volte draaien om hem wat te kalmeren. Voordat hij Red naar de boomstammen stuurde, kwam hij eerst nog even naar Amy toe.

„Amy, ik heb een idee," zei hij. „Wat Mercury betreft. Als hij net zo op Red lijkt als ik denk, dan is het nu een goeie tijd om hem aan het springen te krijgen. Hij is helemaal warmgelopen na die rengalop en de stammetjes vormen een heel lage en eenvoudige hindernis. Bovendien slooft hij zich nu steeds uit tegenover Red, dus als die er over gaat, zal hij vast ook willen."

Amy aarzelde. Ty en zij wisten hoe belangrijk het was om alles langzaam aan te doen, zodat ze al het goede werk dat ze tot nu toe gedaan hadden, niet weer zouden verpesten. Maar Ben had ook gelijk. Ze kon Mercury nog steeds bijna niet houden. Hij was nog lang niet moe na die race van net. Elk paard met een beetje pit in z'n lijf zou maar wat graag over die stammetjes willen, ze waren helemaal niet hoog.

„Nou… Oké dan," zei ze. „We gaan het gewoon proberen. Ga maar voor met Red, dan kom ik een eindje achter je aan."

Ben grinnikte en draaide nog een volte. Ook Amy liet Mercury een grote volte maken, zodat het paard kon kijken hoe Ben Red naar de sprong stuurde. Ze drukte rustig haar kuiten tegen zijn buik en liet hem kalm achter Red aan lopen. Red vloog moeiteloos over de hindernis en

Amy klopte Mercury op zijn hals.

„Toe maar, jochie," mompelde ze. „Dat kan jij toch ook?" Mercury galoppeerde rustig naar de stammetjes toe. Even dacht Amy dat Ben gelijk had gehad. Mercury zou zonder er ook maar over na te denken achter Red aan gaan. Maar opeens, op het laatste moment, leek het alsof Mercury plotseling besefte wat Amy van hem vroeg. Hij sprong wild opzij en stortte zich langs de boomstammen. Amy vloog bijna van zijn rug af.

Ze schrok zich een ongeluk en raakte haar stijgbeugel kwijt. Gelukkig wist ze in het zadel te blijven. „Ho maar! Braaf!" probeerde ze hem te kalmeren, maar Mercury gooide zijn hoofd woest in de lucht en draaide zich razendsnel om.

„Hé, zeg!" Amy drukte zich diep in het zadel en vroeg hem met de teugels zijn neus weer naar beneden te richten. Maar Amy kon hem niet onder controle krijgen, en toen uit een bosje opeens een vogel opvloog, sprong hij weer opzij. Voordat Amy er iets aan kon doen, stak hij zijn neus tussen zijn knieën en sloeg op hol. Mercury leek alleen nog maar weg te willen, weg van Ben en Red en de boomstammen.

„Amy!" Soraya's schreeuw klonk ver weg door de wind.

Maar het enige dat Amy hoorde, was het gedreun van Mercury's hoeven op de aarde. Ze stormden naar het smalle pad aan het andere eind van het weiland.

Hoofdstuk 3

Amy wist dat ze niet in paniek moest raken, dus liet ze Mercury galopperen. Ze kneep alleen steeds in de teugels om hem te vertellen dat ze er ook nog was. Net op het punt waar het ruiterpad smal werd, ging hij over in een onrustige galop. Amy trok aan de teugels om hem in draf over te laten gaan, en hij deed wat ze vroeg. Zijn flanken bewogen heftig mee met het ritme van zijn gejaagde ademhaling. Amy liet hem halt houden en sprong van zijn rug. Snel ging ze naast zijn hoofd staan om hem gerust te stellen. Ze kon het wit van zijn ogen zien, en hij was helemaal gestresst.

„O, arme Mercury," suste Amy. Ze stond te trillen op haar benen. „Wat spijt me dat, jongen. Je was er nog helemaal niet klaar voor, hè?" Ze aaide hem over zijn snuit en wachtte op Ben en Soraya, die bezorgd kwamen aandraven.

„Gaat het, Amy?" Bens gezicht was bleek, en hij keek heel schuldbewust. „Ik vind het onwijs rot. Ik had nooit moeten zeggen dat je met Mercury moest proberen te springen."

„Het gaat best, hoor," verzekerde Amy hem. „En het is echt niet jouw schuld. Ik vond het namelijk ook een goed idee."

„Nou, toch spijt het me vreselijk. Blijkbaar heb ik Mercury niet zo goed door als ik dacht."

„Misschien niet, maar het was het proberen waard." Amy klopte Mercury op zijn hals. Hij ademde al wat minder snel. Licht en soepel sprong Amy weer in het zadel. Ze glimlachte geruststellend naar Soraya, die nog steeds bezorgd keek.

Ze wendden hun paarden terug naar het pad naar Heartland en lieten ze rustig uitstappen. Amy draaide zich om naar Ben. „Weet je, je zou Mercury wat beter kunnen leren kennen door hem te longeren als ik op school zit. Dan kun je zelf ook voelen wat voor soort paard het is."

„Weet je zeker dat ik dat kan?" twijfelde Ben.

„Ben, ik heb het alleen maar over simpel longeren. Wat er daarnet gebeurd is, is écht niet jouw schuld. Je bent hartstikke goed met paarden, tuurlijk kun je dat."

Ben glimlachte vlug. „Oké. Bedankt, Amy. Ik zou het echt te gek vinden om met hem aan de slag te gaan. En ik zal langzaamaan doen, dat beloof ik."

Weer terug op de boerderij zette Amy Mercury op stal om hem goed droog te wrijven. Zijn vacht schuimde nog van het zweet door de wilde sprint en zijn spieren waren hard en gespannen. Toen hij droog was, begon ze kleine

T-touchrondjes over zijn rug te wrijven met haar vingers. Langzaam masseerde ze omhoog over zijn hals en ze fluisterde rustig tegen hem. Ondertussen bleef het in haar hoofd rondspoken dat als zij en Ty deze week al iets hadden bereikt met Mercury, dat wel weer helemaal weg zou zijn.

Tot haar grote opluchting voelde ze Mercury zich onder haar vingers ontspannen.

„Gaat het, Amy?" Lou keek over de staldeur naar binnen. „Ik hoorde van Soraya wat er tijdens de buitenrit is gebeurd."

Amy keek naar Lou's bezorgde gezicht. „Er is niks aan de hand, Lou. Het is heus niet de eerste keer dat een paard er met me vandoor is gegaan. En ik ben bang dat het ook niet de laatste keer zal zijn."

Lou fronste haar wenkbrauwen en Amy realiseerde zich hoe moeilijk het voor haar zus was als er zoiets gebeurde. Het was haar pas duidelijk geworden hoe bang Lou was, toen haar vader een paar weken geleden langs was gekomen en zij hem had bekend dat ze niet meer had durven rijden sinds hij zijn ongeluk had gehad.

„Waarom sloeg hij nou op hol?" Lou leunde op haar armen op de staldeur en keek toe hoe Amy verderging met masseren.

„Hij was zich rot geschrokken. Hij raakte in paniek en ging er blind vandoor. Hij kon er niks aan doen." Amy was even stil en ging toen zacht verder: „Het was niet echt gevaarlijk."

„Je zult wel gelijk hebben," zei Lou ongemakkelijk. Ze

aarzelde even. „Ik wilde net Rosie gaan poetsen. Kun je me nog eens laten zien hoe ik T-touch bij haar moet doen?"

Amy keek haar zus glimlachend aan. Het was wel duidelijk dat Lou vreselijk haar best deed om meer met de paarden te doen, ook al was ze nog steeds heel erg angstig. „Tuurlijk! Ik kom naar je toe als ik hier klaar ben."

Lou liep weg naar de zadelkamer en Amy ging verder met het masseren van Mercury's hoofd. Daarna ging ze naar Rosies stal. Lou was al bezig met een zachte borstel, helemaal verdiept in haar werk.

Amy stapte de box binnen. „T-touch werkt altijd heel goed bij Rosie. Ze vindt het heerlijk en volgens mij heeft het heel erg geholpen bij haar behandeling."

Rosie was een paar weken geleden op Heartland gekomen. Ze was toen verschrikkelijk kopschuw en liet niemand in de buurt van haar hoofd komen. En om alles nog erger te maken, had ze ook nog haar hoofd gestoten, waardoor ze een kleine breuk in haar schedel had gekregen. Maar nu waren die twee problemen bijna helemaal over. Amy deed al een tijdje T-touch met haar en dat had goed geholpen. Rosie was bijna klaar om terug te gaan naar haar eigenaars.

Amy liet Lou zien hoe ze met haar vingers in cirkelbewegingen over de paardenvacht moest wrijven, vanaf de rug naar het hoofd. Lou keek even goed hoe Amy het deed en nam het daarna over.

„Ga er maar rustig mee door," zei Amy.

„Oké, Amy. Bedankt." Lou aarzelde even. „En sorry, dat

ik net zo overbezorgd deed."

„O, dat was ik allang vergeten."

Maar toen ze de stal uit liep, vroeg Amy zich af of Lou zich eens weer echt op haar gemak zou kunnen voelen met paarden. Zou ze die angst ooit helemaal overwinnen?

Toen ze de volgende dag van school was thuisgekomen, ging Amy meteen op zoek naar Ben. Hij was in het voerhok, druk bezig met het vullen van de voeremmers.

„Hoi, Ben!" groette ze. „Ben je vandaag nog met Mercury aan de slag gegaan?"

Ben grijnsde naar haar. „Jep! Maar het was maar heel kort. Hij is hartstikke braaf aan de longeerlijn."

„Hij luistert goed, hè? Was hij nog zenuwachtig van gisteren?"

„Nee hoor, hij was best relaxed. Maar ik heb ook geen balken voor hem neergelegd of zo. Ik ben maar een minuut of twintig met hem bezig geweest."

„O, prima." Amy dacht even na. „Dan kan hij nu nog wel een ronde gebruiken, denk je ook niet? Heb je zin om te helpen?"

„Echt wel!" zei Ben enthousiast. „Maar ik moet eerst nog even met de emmers verder."

„Oké, dan zie ik je wel in de trainingsring," riep Amy over haar schouder, al op weg naar de stallen.

Dit keer besloot Amy op Mercury te gaan rijden in plaats van hem te longeren. Ze legde het zadel op zijn rug en reed op hem naar de bak. Ze liet hem net in draf over de hoefslag lopen toen Ben op het hek kwam zitten.

Amy liet Mercury wat overgangen doen. Ben had gelijk, het paard leek helemaal geen last meer te hebben van die schrik van de vorige dag. Na een poosje stuurde ze hem naar het hek en liet zich van zijn rug glijden.

„Waarom ga jij er niet even op?" stelde ze voor. „Je kunt zo goed met Red overweg, Mercury zal ook z'n best wel voor je doen."

Met een trotse grijns klom Ben in het zadel. Amy keek gespannen toe hoe de ruin door de baan ging, maar haar instincten klopten. Ben had Mercury al snel mooi aan het lopen, zijn achterbenen netjes onder zijn lijf en zijn passen lang en recht vooruit.

Ty kwam aanlopen vanaf het erf en keek samen met Amy hoe Ben Mercury in galop aanzette.

„Hij loopt nog steeds heel oké," zei Ty toen Ben en Mercury langskwamen.

„Dressuur wel, ja," zei Amy. „Maar die toestand gisteren was vast niet handig voor zijn springprobleem. Ik vind het prima dat Ben nu met hem aan de slag is. We zien wel hoe het loopt."

Ze keken toe hoe Ben Mercury een paar achtjes en slangenvoltes liet lopen, en hem daarna op een grote volte dreef. Hij droeg Mercury op de volte te verkleinen, en Amy merkte dat de ruin zich opeens anders ging gedragen. Zelfs helemaal vanaf het hek kon ze zien dat hij gespannen raakte. Ben maakte de volte af en liet hem weer de hoefslag volgen. Daarna stuurde hij het paard weer op een volte. Deze keer reageerde Mercury onmiddellijk. Zijn hoofd vloog omhoog en hij drukte zijn rug weg, duidelijk in protest. En Amy kon aan Ben zien dat hij het ook had gevoeld. Hij fronste geconcentreerd zijn wenkbrauwen en probeerde de ruin een volte de andere kant op te laten maken.

Maar nu begon Mercury openlijk tegen hem te vechten. Hij sloeg met zijn hoofd en rukte aan het bit. Ben dreef hem verder met zijn benen en liet hem niet winnen.

Opeens schoot Amy iets te binnen. „Ben!" riep ze met een vlugge blik op Ty. „Hij denkt dat je hem wilt laten springen."

Ty legde zijn armen op het hek. „Daar lijkt het inderdaad wel op."

„Maak de voltes weer eens wat groter," riep Amy naar Ben. „Of ga gewoon maar terug naar de hoefslag."

Ben keek gefrustreerd op. „Oké," riep hij met tegenzin terug. Hij zette Mercury weer op de hoefslag en de ruin werd gelijk rustiger. Ben wachtte tot hij weer braaf liep en leidde hem daarna naar het hek.

„Dat zou ik van Red dus absoluut nooit pikken," zei hij.

„Weet ik wel," zei Amy, „maar Red is niet zo beschadigd als Mercury. Die is gewoon panisch voor alles wat maar met springen te maken heeft. Hij heeft vandaag wel genoeg gedaan, vind ik. Laten we nu maar stoppen, nu hij weer braaf is."

Ben steeg af en samen liepen ze naar het erf. Ben was stil, en Amy dacht dat hij teleurgesteld was over hoe het was gegaan.

„Het is niet jouw schuld, Ben," zei ze. „We zijn gewoon weer iets tegengekomen dat Mercury weigert te doen. Hij wil niks van springen weten, en dat is ook niet zo gek."

Ze zag plotseling weer Hutens kalme gezicht voor zich en dacht terug aan wat hij had gezegd op het pad met Albatros: „Bij de meeste paarden heeft het geen zin om ze te dwingen iets te doen. Als een paard iets niet wil, heeft-ie daar meestal een goeie reden voor." Nou, het was wel duidelijk wat de redenen van Mercury waren… Hoe zouden ze hem eroverheen kunnen helpen?

Een uurtje later stak Amy haar hoofd om de hoek van de zadelkamer. „Ty?" riep ze zacht. Ze waren net klaar met eten en alles was stil. Ty en zij hadden de afgelopen dagen bijna geen kans gehad om met z'n tweeën te zijn.

„Ja, ik ben hier." Ty zat op een van de opbergkisten achter in het voerhok een paardentijdschrift te lezen. Hij stond op en lachte naar Amy. Ze was een beetje zenuwachtig. Het voelde nog steeds heel gek dat ze meer waren dan alleen maar vrienden. Ty sloeg zijn armen om haar heen en trok haar tegen zich aan.

„Ging alles goed vandaag?" vroeg hij.

Een beetje onwennig legde Amy haar hoofd op zijn schouder. „Nu nog beter. Hoe was jouw dag?"

„Wel oké. Verschrikkelijk lang, zeker toen jij naar school was. We zien elkaar bijna nooit."

„En vanmiddag dan, naast de bak bij Mercury?"

„Dat is werk," vond Ty. „Je weet best wat ik bedoel. We zijn bijna nooit alleen samen."

Amy voelde zich wat ongemakkelijk. Met hem samenwerken was een van de dingen die ze juist het fijnst vond aan bij hem zijn. Ze wilde niet dat het anders werd.

„Nou ja, nu ben ik hier."

„Helemaal?" plaagde Ty.

Amy grinnikte. „Voor het grootse gedeelte dan. Volgens mij is er ook een stukje van mij binnen, dat studeert voor het geschiedenisproefwerk, en een ander stuk is bij Mercury in de stal om te bedenken wat er eigenlijk in zijn hoofd omgaat."

Ty lachte. „Gek zeg, het verbaast me niks om dat te horen. Dat over Mercury dan. Het schiet niet echt op met hem, hè?"

„Nee. Hij loopt als een zonnetje, tot je hem iets vraagt wat hem aan springen doet denken."

„En wat Ben doet, werkt ook niet echt," voegde Ty eraan toe.

Amy keek snel opzij. „Wat bedoel je?"

„Nou, ik heb het vandaag gezien, en volgens mij rijdt Ben Mercury net zoals hij dat met Red doet," zei Ty.

„Maar daar ging het toch ook om. Daarom heb ik hem gevraagd om te helpen. Je kunt Ben trouwens niet de schuld geven van wat er tijdens de buitenrit is gebeurd. Hij kon er niks aan doen. Hij stelde het voor en ik was het ermee eens."

„Dat weet ik wel," zei Ty. „Ben denkt gewoon steeds te veel aan de toekomst. Hij is met Red altijd bezig voor de volgende grote wedstrijd. Dus vraagt hij te veel van het paard. En bij Red is dat prima, want die wil graag. Maar Mercury is geen wedstrijdpaard meer. En hij is beschadigd. Hij heeft een andere aanpak nodig."

Amy prutste aan de stiksels van een van de hoofdstellen naast haar aan de muur. „Maar we weten nog helemaal niet hoe we tot Mercury kunnen doordringen," zei ze na een tijdje. „Ben en Red hebben een heel speciale band, en Mercury is net zo bijzonder en vurig als Red. Ben heeft zeker zo'n goeie kans met hem als wij."

Ty haalde zijn hand door zijn haar. „Misschien heb je wel gelijk, Amy," zei hij, een beetje ongemakkelijk. „Maar eigenlijk vraag ik me af of het goed is om Mercury als een wedstrijdpaard te behandelen. Daar is zijn probleem te groot voor. Volgens mij is het belangrijkste dat we iets aan zijn pijn doen. Hij heeft zoveel meegemaakt."

Amy's mond viel open. „Maar het gaat toch juist om de wedstrijden, Ty," protesteerde ze. „Daarom is hij juist hier! Gabriel en Bruce hebben hem hier gebracht om hem weer op het goede spoor te krijgen. Als we denken dat dat niet gaat lukken, moeten we ze dat vertellen. Ik ben het met je eens dat hij eerst behandeld moet worden, maar ik denk dat wedstrijden hem in het bloed zitten."

Ty haalde zijn schouders op, nog steeds met een frons op zijn voorhoofd. „Nou ja, we moeten maar zien hoe het loopt," zei hij. Hij pakte Amy's hand en kneep erin. „Meer kunnen we niet doen. Maar ik heb zo'n gevoel, diep van binnen, dat..." Hij aarzelde en zijn stem stierf weg.

„Wat?" drong Amy aan.

Ty keek haar aan. „Dat Mercury nooit meer aan een wedstrijd mee zal doen."

Hoofdstuk 4

Die nacht lag Amy in bed naar het plafond te staren. Ze moest steeds denken aan wat Ty had gezegd. Als hij dat echt vond, was het eigenlijk net of hij bedoelde dat Mercury helemaal niet op Heartland hoorde te zijn. En ze baalde er ook van dat ze het niet met elkaar eens waren. Ze was helemaal in de war. Het leek wel of Ty overal heel anders tegenaan keek... Zelfs tegen hun relatie. Hij vond het helemaal niet erg dat iedereen wist dat ze iets hadden, terwijl zij het juist allemaal voor zichzelf wilde houden.

Misschien had Ty wel gelijk wat Mercury betrof. Misschien was het paard te veel veranderd door wat er met hem was gebeurd. Misschien zou hij nooit meer de oude worden.

Langzaam zakten haar ogen dicht en zag ze Albatros voor zich, met Huten op zijn rug, samen in perfecte harmonie. Albatros galoppeerde verder, zijn witte staart achter hem aan wapperend. Opeens was het niet meer Huten op zijn rug, maar haar moeder. Haar gezicht straalde.

Met dat beeld werd Amy weer wakker. Ze ging rechtop zitten in bed, haar hoofd vol vragen. Wat had Marion van Huten geleerd? Waardoor was ze zo veranderd? Ook al sliep Amy nog half, ze was ervan overtuigd dat Marion zou hebben geweten hoe ze Mercury beter moesten maken. En Amy wist zeker dat ze dat in Ocanumba had geleerd. Ze vroeg zich opeens af of haar moeder misschien ergens had opgeschreven wat ze daar had gedaan.

Amy glipte uit bed en sloop naar de kamer die vroeger van haar moeder was geweest en nu als logeerkamer werd gebruikt. Lou en zij hadden uiteindelijk alle spullen van Marion uitgezocht. Toen had Amy ook het boek *Luisteren naar de stilte* gevonden. Als Marion iets had opgeschreven over Huten en Ocanumba, zou het vast in een van de oude schriften staan die ze bij het boek had zien liggen.

Geluidloos deed ze het licht aan en pakte de dagboeken van haar moeder uit een la. Er stonden datums op, dus Amy had al snel het goede jaar te pakken. Ze bladerde gretig door het schrift, maar het werd een teleurstelling. Marion had rond die tijd heel weinig geschreven. Amy kon alleen de datum vinden, met daarnaast de woorden *Naar Ocanumba*.

Teleurgesteld staarde Amy naar het schrift in haar handen. Zoals zo vaak verlangde ze er verschrikkelijk naar haar moeder nog een keer te zien en om raad te vragen. Amy legde de schriften terug in de la en sloop verdrietig terug naar bed.

Ze bleef maar liggen piekeren over Mercury en over het verschil in opvatting tussen Ty en haar over zijn toekomst.

Ze vroeg zich af wat Huten ervan zou denken. Hij zou vast op een heel andere manier tegen het probleem aankijken. Ik weet zeker dat hij zou weten hoe we hem moeten aanpakken, dacht Amy slaperig.

„Dat vindt hij echt gaaf!" zei Ben. Hij keek toe hoe Amy T-touchrondjes over Mercury's hals maakte.

Amy lachte. „Ja, hij staat helemaal te genieten. Hij is in zijn stal onwijs relaxed, daar ligt zijn probleem niet. Moet je kijken, hij staat bijna te maffen."

Mercury zwiepte lui met zijn oor, alsof hij het ermee eens was. Het was donderdagavond en Amy was bezig met Mercury, voordat ze naar binnen ging om te eten.

Ben hing over de staldeur. „Ik snap er gewoon geen donder van," zei hij met zijn blik op Mercury. „Barreren gebeurt toch bij zoveel springpaarden. Het is niet eens verboden, als je tenminste een dunne bamboestok gebruikt. En het doet eigenlijk helemaal niet zoveel pijn. Het is maar een tikje, zodat het paard hoger gaat springen omdat hij denkt dat hij de hindernis heeft geraakt. Ik snap echt niet waarom hij zo geflipt is."

Amy keek omhoog naar het gefrustreerde gezicht van Ben. „Ik denk dat ze wel wat meer hebben gebruikt dan een bamboestokje," zei ze. „En het is ook niet alleen iets lichamelijks bij Mercury. Op de een of andere manier hebben ze ervoor gezorgd dat hij echt niet meer wil springen."

„Volgens mij wil een paard als Mercury áltijd springen," riep Ben uit. „Hij is er gewoon voor gemaakt, dat zie je aan hem. Een topsporter in hart en nieren."

Amy zuchtte en concentreerde zich weer op het masseren. Op de een of andere manier bleven Ty's woorden maar door haar hoofd spoken. „Mercury zal nooit meer aan een wedstrijd meedoen." Maar diep in haar hart was Amy het toch met Ben eens. Als ze het opgaven, zouden ze zeker Mercury's probleem niet oplossen. Ze moesten een andere behandeling zien te vinden.

„Oké," zei ze tegen Ben. „Laten we morgen een sessie met hem doen, als ik terug ben uit school, en dan zien we wel hoe hij gaat. Dan proberen we een paar verschillende technieken."

Ben was opgelucht. „Klinkt goed! Ik zie je zo weer." Hij draaide zich om en liet Amy haar werk afmaken.

Amy voelde zich er niet rustiger op worden. Ze besefte wel dat Ben echt graag iets wilde bereiken met Mercury. Dat was logisch, Mercury was het eerste paard waar hij echt mee had gewerkt sinds hij naar Heartland was gekomen. Als het hun niet zou lukken om hem beter te maken, zou hij het zich persoonlijk aantrekken. Ben moest winnen om zich goed te voelen over zichzelf, en Amy wist dat hij met Mercury ook wilde winnen.

„Laat maar, Ben. Het wordt niks," riep Amy vanaf haar plekje op het hek van de trainingsring. „Ga maar weer terug naar het andere eind van de ring."

Mercury had net geweigerd over een klein, van strobalen gemaakt hindernisje te gaan. Het glimmende witte paard deinsde achteruit, met rollende ogen en zijn hoofd in de lucht. Ben knikte en stuurde Mercury weer naar de andere kant van de ring, waar geen balken of hindernissen waren.

De bedoeling van de oefening was om Mercury te leren dat springen ook los kon staan van een stel enge balken waar je overheen moest. Ben had voorgesteld dat ze Mercury over wat andere soorten hindernissen zouden proberen te sturen, zoals strobalen, die natuurlijk een stuk zachter waren dan de balken waar het dier vaak genoeg tegenaan was geklapt. Als ze ervoor konden zorgen dat Mercury geen verband meer legde tussen springen en pijn, dan zou hij het misschien weer leuk gaan vinden.

Amy vond het idee het proberen waard, maar het was niet gelukt. „We moeten er maar een punt achter zetten voor vandaag," riep ze. „Zet hem nog wel even tien minuten aan de longe, zodat deze oefening een positief einde heeft voor hem."

„Oké." Ben leek zich erbij neer te leggen. „Ik zie je wel weer als ik klaar ben."

Amy klom van het hek af en liep in de richting van het erf. Ze baalde ervan dat Ben zo teleurgesteld was, maar ze kon er niets aan doen. Alles wat ze zelf voor Mercury had bedacht, was ook niet gelukt. Bens idee was helemaal niet slecht, hij had er goed over nagedacht. Het was echt niet zijn schuld dat het niets was geworden, maar het was wel duidelijk dat Ben dat zelf niet zo zag.

Ze schrok op van Ty's stem. „Amy, kun je even helpen met het sjouwen van die voerzakken?"

Amy knikte. „Tuurlijk." Ze liep achter hem aan.

„Dus Ben is met Mercury aan het werk?" vroeg Ty terwijl hij de eerste zak voer vastgreep.

„Ja. Maar we komen geen stap verder. Mercury wordt helemaal niet beter, en Ben baalt ervan. Hij denkt dat het zijn schuld is."

„Misschien is het dat ook," zei Ty met een uitgestreken gezicht. „Ik vind nog steeds dat hij het verkeerd aanpakt."

„Ty!" protesteerde Amy.„Hij overlegt alles wat hij wil doen eerst met mij. En hij komt met allerlei dingen om uit te proberen. Hij heeft echt goeie ideeën."

„Zo bedoelde ik het ook niet. Maar het heeft volgens mij echt geen zin om Mercury steeds op hindernissen af te sturen als hij toch niet wil springen."

„Maar daarom is hij juist hier," drong Amy aan. „Als we niks met dat springen doen, pakken we het probleem niet aan en dan kunnen we Mercury niet beter maken."

„Misschien hoeft-ie wel helemaal niet beter te worden," zei Ty kortaf.

„Nou, daar komen we mooi verder mee!" beet Amy terug. Ze sleurde een zak door het voerhok en smakte hem kwaad tegen de andere aan. Ze werkten een paar minuten in gespannen sfeer zwijgend verder.

Toen zuchtte Amy. „Het spijt me," zei ze, niet wetend wat ze anders moest zeggen.

Ty liet een zak vallen en ging rechtop staan. „Mij ook."

Amy haalde diep adem. „Weet je, ik zat te denken..." Ze aarzelde even. „Over Huten."

„Huten?" vroeg Ty.

„In Ocanumba," zei Amy. „Om hem om hulp te vragen."

„Geen gek plan," vond Ty. „Waarom bel je hem niet?"

„Nou... ik weet eigenlijk niet of alleen bellen genoeg is.

Ik had eigenlijk bedacht om Mercury mee te nemen naar Ten Beeches."

Ty's mond viel open. „Wat?"

„Ik weet wel dat het een gok is," zei Amy snel. „Maar ik heb Huten aan het werk gezien. Hij heeft een heel bijzondere manier om paarden weer tot zichzelf te laten komen als ze beschadigd zijn. Als íemand kan zien of Mercury ooit nog zal springen, dan is het Huten."

Ty stond haar nog steeds verbaasd aan te kijken. „Amy, een paard vervoeren is een groot risico. En dan heb ik het nog niet eens over hoe zo'n lange tocht voor een beschadigd paard kan uitpakken. We zijn verantwoordelijk voor Mercury. Hoe denk je dat de eigenaars zullen reageren als ze horen dat we niks voor Mercury kunnen doen en we geen andere oplossing kunnen bedenken dan hem naar een oude tovenaar in de bergen slepen?"

„Huten is helemaal geen tovenaar," protesteerde Amy.

„Dat weet ik ook wel. Maar Gabriel en Bruce zullen dat misschien niet begrijpen. Zij denken dan vast dat we het hier op Heartland niet kunnen oplossen, en dat we ons wanhopig aan strohalmen vastklampen."

Amy trok een rimpel in haar voorhoofd. Misschien had Ty wel gelijk. Als ze een paard ergens anders naartoe brachten, zou dat natuurlijk niet goed zijn voor de reputatie van Heartland.

„Dat is nog niet alles," ging Ty verder. „Had je al aan Ben gedacht? Ben je niet bang dat hij ervan zal balen? Hoe denk je dat hij het vindt als je Mercury weghaalt?"

Amy slikte. Alles wat Ty zei, klonk logisch. Maar nu ze

haar idee had uitgesproken, leek het een goed plan om naar Ocanumba te gaan. Ze haalde haar schouders op. „Ik vind gewoon dat we alles mogelijkheden moeten bekijken. Voor Mercury, want om hem draait het natuurlijk allemaal."

„Soraya, ik heb een idee en je moet maar zeggen of je het idioot vindt," zei Amy de volgende dag, toen ze tijdens de pauze buiten zaten. „Ik heb iets bedacht voor Mercury en dat blijft maar in mijn hoofd hangen."

„Raden? Je zit nog steeds aan Ocanumba te denken."

„Hoe weet jij dat nou?" zei Amy stomverbaasd.

„Dat weet ik eigenlijk niet. Misschien door de manier waarop je het erover had toen je terugkwam. Je was echt onder de indruk van die plek."

„Ja, hè?" knikte Amy. „Maar niet iedereen vindt het zo'n fantastisch idee."

„Niet iedereen? Ty niet, bedoel je."

Soraya merkte ook alles.

„Bingo. Hij weet het niet zo zeker," gaf Amy toe. „Eigenlijk…" Amy voelde haar wangen rood worden en haar stem stierf weg.

„Eigenlijk wat?" drong Soraya aan.

„Het gaat eigenlijk niet zo goed tussen ons nu," zei Amy. „We zijn het helemaal niet eens over hoe we Mercury moeten behandelen. En ik weet niet zo goed wat ik ermee aan moet dat iedereen het weet van ons."

„Hoezo?" vroeg Soraya. „Jullie passen perfect bij elkaar."

„Dat weet ik wel, maar het is zo anders nu iedereen het

weet. Alleen al door mensen als Ashley. Maar het is meer dan dat. Ik baal er gewoon een beetje van. Dat mensen nu gaan denken dat we de hele tijd klef handjes gaan vasthouden of zoiets stoms."

Soraya barstte in lachen uit. „Zo zijn jij en Ty helemaal niet," zei ze. „Niemand denkt dat je nu helemaal gaat veranderen, alleen maar omdat je een vriendje hebt, Amy. En ook al denken ze dat wel, wat dan nog?"

„Dat zegt Ty ook. Maar als iedereen het weet, wordt het opeens zo echt. Zo serieus. En daar krijg ik een beetje de zenuwen van."

Soraya's gezicht werd weer ernstig en ze dacht even na. „Nou, als je er zo over denkt, dan is een reisje naar Oca-numba misschien wel precies wat je nodig hebt. Dan heb je de tijd en de ruimte om goed over alles na te denken."

„Denk je dat echt?" vroeg Amy. Ze voelde zich helemaal opgelucht door wat Soraya zei.

„Waarom niet? Het lijkt mij heel logisch. Heb je het er al met Lou over gehad? Of met je opa?"

„Nee, nog niet."

„Nou, zij moeten het natuurlijk wel goed vinden. Dus daar moet je het maar van af laten hangen."

Die avond besloot Amy in haar eentje een eindje buiten te gaan rijden. Ze wilde even wat tijd om na te denken. Ze ging op Sundance, want ze had maar weinig tijd gehad om op hem te rijden nu het zo druk was op Heartland.

Ze zadelde hem op en reed het pad af langs de trainings-ring en de bak. In de bak was Ben met Red bezig. Hij liet hem over een klein parcoursje springen. Amy bleef even staan kijken. Ben en Red pasten heel goed bij elkaar en dat was altijd mooi om te zien.

Ben had een paar moeilijke hindernissen neergezet, maar Red moest het met gemak aankunnen. Op de plaatselijke wedstrijden had hij over veel moeilijker parcoursen gewonnen. Maar nu ging het niet helemaal goed. Terwijl Amy stond te kijken, maakte Ben een krappe draai na een oxer en stuurde Red vervolgens naar een ingewikkelde tweesprong. Zelfs van een afstand kon Amy zien dat hij er veel te schuin op af reed. Red zou niet goed uitkomen met zijn stappen. Het paard verloor zijn evenwicht en stopte slippend voor de hindernis. Geïrriteerd trok Ben hem om en reed weer op de dubbelsprong af.

Amy zag dat Red gespannen raakte. Hij was nu een beetje bang van de dubbelsprong, omdat het hem de eerste keer niet was gelukt. En nu moest hij er weer veel te snel op af. Hij maakte een onhandige sprong en kwam helemaal verkeerd neer. Hij was absoluut niet klaar voor de tweede sprong van de dubbel en weigerde weer.

Amy was verbaasd. Ze had Ben in lange tijd niet zo slecht zien rijden. Eigenlijk nooit. En haar ogen vlogen wijd open toen ze zag dat hij de vos scherp in zijn mond rukte en hem achteruit schopte. Red protesteerde, hij begreep niets meer van wat zijn ruiter van hem wilde. Maar Ben trok hem weer om, zodat hij nog eens op de dubbelsprong aan kon rijden.

„Ben!" riep Amy uit. Ze kon haar mond niet houden, zelfs al wist ze dat ze er zich niet mee moest bemoeien.

Ben keek om zich heen om te zien wie hem had geroepen, zijn gezicht strak en vastbesloten van spanning. Hij zag Amy, maar reed niet naar haar toe.

„Hij snapt er gewoon niks meer van," riep Amy. Maar Ben stuurde Red weer op de dubbelsprong af. Hij zat naar voren gebogen en schopte Red met zijn hakken in zijn buik. Red sprong naar voren. Hij nam de eerste hindernis te vroeg, maar weer lukte het hem om eroverheen te komen. Ben kneep zijn kuiten om de zwetende flanken van het paard en dreef hem naar de tweede sprong. Red haalde het net, maar hij gooide de bovenste balk eraf, die op de grond kletterde.

Bens schouders ontspanden zich een beetje. Toen hij weer langsreed, zag Amy aan zijn gezicht dat hij zich schaamde. Hij wist net zo goed als Amy dat alles wat hij zojuist had gedaan, een gevoelig paard alleen maar gespannener zou maken. Hij liet Red over de hoefslag galopperen om hem te kalmeren. Daarna stuurde hij hem op een makkelijke hindernis af. Red wipte eroverheen, weer net zo opgewekt als anders. Met een zucht van verlichting zag Amy het paard in draf overgaan. Ben klopte het paard op zijn bezwete hals, maar keek Amy niet aan.

Amy reed haastig weg over het pad. Ze kon wel zien dat Ben zich schaamde en dat hij niet met haar wilde praten. Ze zette Sundance in draf aan en dacht koortsachtig na. Waarom was Ben opeens zo ongeduldig met Red? Kwam het door zijn werk met Mercury? Dat zou het kunnen zijn. Ben was het soort jongen dat het niet aankon als de dingen niet gingen zoals hij het wilde. Maar wat ook de reden was, Amy wist nu wat ze moest doen. Ze zou Lou en Jack zo snel mogelijk vragen of ze naar Ocanumba mocht.

„Iemand nog roerei?" Jack Bartlett zwaaide met een houten lepel. „Er is nog een beetje, en het is nu nog warm."

„Graag, Jack," zei Ty. Het was zondagochtend en ze zaten allemaal in de keuken voor het ontbijt. Jack maakte daar altijd veel werk van, met ham, roerei, pannenkoeken, koffie en versgeperst sinaasappelsap.

Maar deze zondag was het stiller dan gewoonlijk in de keuken. Lou en Jack waren net zo vrolijk en luidruchtig als anders, maar Ben zei niet zoveel en Amy voelde zich nog steeds wat ongemakkelijk als zij en Ty bij anderen waren. Maar dat was niet alles. Amy had besloten dat dit het goeie moment was om over Mercury te beginnen, nu ze allemaal bij elkaar zaten. Ze was zenuwachtig en speelde wat met haar brood.

„Amy?" vroeg Lou tussen twee slokken koffie door. „Je eet anders altijd als een paard. Is er soms iets?"

„Nee hoor," zei Amy snel. Ze slikte even. „Ik moet alleen steeds aan Mercury denken."

Ben en Ty keken haar snel aan. Amy zag dat Ty zijn wenkbrauwen fronste.

Jack keek haar vragend aan. „Gaat het niet zoals je wilt?"

„Het lijkt wel alsof we gewoon niet tot hem door kunnen dringen," zei Amy. „Wat we ook doen, het helpt allemaal niks. Ben heeft een paar goeie ideeën gehad, maar ook dat werd niks. Daarom zat ik te denken aan Huten."

„Wat wil je dan met Huten?" vroeg Lou.

„Ik dacht dat hij misschien kon helpen."

„Maar hoe dan?" Lou keek Amy argwanend aan. „Dit heeft toch niks te maken met al die onzin over beloftes waar hij het over had, hè?"

Amy haalde diep adem. „Nee, niet echt. Maar ik zat wel te denken of ik Mercury niet eens naar hem toe zou kunnen brengen."

„Wat?" riep Lou uit. Ze liet haar mes en vork vallen. „Maar het is onwijs ver weg! We kunnen paarden toch niet zomaar van hot naar her gaan verslepen als we zelf niks met ze kunnen?"

„Dat weet ik wel." Amy keek gespannen de tafel rond. Ben zat te balen en haar opa trok diep in gedachten zijn wenkbrauwen op. „Ik heb het er met Ty over gehad, en hij vond het ook geen goed plan," zei Amy eerlijk, met een vlugge blik op Ty. „Maar ik wou gewoon even weten wat jullie ervan vinden. Ik weet wel dat het een raar idee is, maar ik denk dat mam het ook zou hebben gedaan. Ik heb het gevoel dat Huten zal begrijpen waarom Mercury zo vreselijk van slag is door dat barreren. Volgens mij is het de enige kans voor Mercury."

Lou zuchtte. „Amy, ik heb je al verteld wat ik over die belofte van mam denk. Er waren vast honderd goeie redenen waarom ze nooit is teruggegaan. We weten niet eens wat ze precies tegen Huten heeft gezegd. En bovendien is het niet jouw taak om de beloften in te lossen die mam niet is nagekomen."

„Dit heeft helemaal niks met mam te maken," zei Amy. „Niet met haar belofte, in ieder geval. Ik vind dat Huten een heel bijzondere manier van met paarden werken heeft, en ik denk dat mam bij hem iets belangrijks heeft geleerd. Volgens mij heeft Huten de beste kans om tot Mercury door te dringen."

Het was een poosje stil rond de tafel.

„Heb je er al aan gedacht wat zijn eigenaars ervan zullen vinden?" vroeg Jack uiteindelijk.

„Nou, we zullen het natuurlijk aan hen uit moeten leggen. Misschien vinden ze het wel niet goed. Maar ik wilde het eerst met jullie overleggen."

Amy keek weer naar Ben. Zijn gezicht was ondoorgrondelijk, en hij was op de automatische piloot een boterham naar binnen aan het werken. Amy voelde zich rot. Het was beter geweest als ze eerst met hem had gepraat. Nu leek het net of zij alles wilde beslissen en hem negeerde.

Alsof hij Amy's gedachten kon lezen, vroeg Ty zachtjes aan Ben: „Wat vind je ervan, Ben?"

Ben haalde zijn schouders op. „Ik weet niet," zei hij stijf. „Ik vind ook dat Mercury bijna niet vooruit gaat. Maar daar heb ik niks over te zeggen."

Amy hoorde de teleurstelling in zijn stem en voelde zich nog rottiger. „Het is niemands schuld dat het niet lukt met Mercury."

„Maar ik zie niet hoe Huten het wel voor elkaar zou kunnen krijgen," zei Lou. „Het is wel een groot risico dat we nemen. En nog duur ook."

„Lou, je hebt hem niet met Albatros aan het werk gezien, zoals ik," zei Amy. „Het was fantastisch." Ze keek weer naar haar opa, die nadenkend voor zich uit zat te staren.

„Opa, wat vind jij ervan?"

Tot Amy's verbazing was hij er niet helemaal op tegen. „Het is niet iets wat we gewoonlijk zouden doen," zei hij. „Maar dat hoeft niet te betekenen dat we het nu ook niet moeten doen. Ik moet er even over nadenken. En in de tussentijd moeten jullie je best blijven doen met Mercury."

„Oké, opa," zei Amy opgelucht. Ze gluurde even naar Ty. Hij hield zijn lippen strak op elkaar, en ze kon wel zien dat hij het nog steeds een slecht plan vond. Ze zakte een beetje in elkaar, want ze vond het vreselijk als hij van haar baalde. Anders waren ze het altijd met elkaar eens. Wat ging er mis?

Na het ontbijt stond Ben snel op en ging naar buiten, gevolgd door Ty. Amy bleef in de keuken om Lou te helpen met afruimen.

„Sorry dat ik zo tegen je plan was," zei Lou na een paar minuten onhandig. „Maar het lijkt me erg drastisch."

„Dat begrijp ik wel," knikte Amy. „Het lijkt ook niet zo'n goed plan als je er zelf niet direct bij betrokken bent. Maar ik blijf maar denken aan de manier waarop Huten werkt en ik weet zeker dat hij Mercury kan helpen."

Ze zette de schone borden in de kast en ging het erf op. Maddison moest nog beweging hebben, dus liep ze naar het achterste stallenblok met zijn longeerhoofdstel over haar schouder.

In de stal stond Ty de box van Jigsaw uit te mesten.

„Hoi," zei Amy ongemakkelijk. „Lukt het allemaal?"

Ty keek even op. „Nou ja, afgezien van het feit dat Ben

opeens niet meer kan paardrijden en jij een of ander onzinnig plan hebt bedacht, gaat alles prima," zei hij scherp.

Amy deed net of ze zijn toon niet merkte. „Heb je Ben en Red in actie gezien? Volgens mij gaat het niet helemaal goed met die twee."

Ty snoof. „Zo, dat kun je wel zeggen." Hij prikte een plak stro op zijn vork en schudde die boos uit.

Amy wist niet goed wat ze moest doen. Ze kon wel zien dat hij kwaad op haar was, maar ze wist eigenlijk niet wat ze ermee aan moest. „Ty," begon ze aarzelend. „Ik weet best dat je niet wilt dat ik met Mercury op stap ga."

Ty keek haar boos aan. „En ik maar denken dat ik ook iets te vertellen had over hoe we de dingen doen. Mooi niet dus. Je vraagt me wel dingen en overlegt soms, maar uiteindelijk doe je toch precies wat je zelf wilt."

Amy stond aan de grond genageld. „Da's helemaal niet waar!" riep ze uit. Ze zocht koortsachtig naar woorden. „Hoe kun je dat nou zeggen? Je bent gewoon jaloers omdat ik zoveel tijd aan Ben en Mercury besteed. En nou wil jij ook al niet dat ik wegga."

Ty keek pijnlijk getroffen en Amy had gelijk spijt van wat ze had gezegd. Ze had het niet eens echt gemeend. Maar het was al te laat. Ty pakte de kruiwagen op.

„Als je per se wilt denken dat ik jaloers ben, moet je dat vooral doen, Amy," mompelde hij. Hij stampte langs haar heen naar buiten. „Wat jij wilt. Ik kan je toch niet tegenhouden als je ergens je zinnen op hebt gezet."

Hoofdstuk 5

Er werd zacht op de deur van Amy's slaapkamer geklopt. „Amy?" klonk Jacks stem.

Amy gooide haar tijdschrift opzij en stond op van haar bed. Het was zondagavond na het eten. Amy voelde zich beroerd na haar ruzie met Ty en wilde even alleen zijn.

„Gaat het een beetje met je, lieverd?" vroeg haar opa toen ze de deur opendeed.

Amy glimlachte sip. „Prima, opa. Moet ik soms iets voor je doen?"

„Ik ga warme chocolademelk maken," zei Jack. „Wil je ook een beker?"

„Ja, lekker."

Ze liep achter haar opa aan naar de keuken en ging aan tafel zitten terwijl hij melk uit de koelkast haalde.

„Ik wou het even met je over Mercury hebben. Ik heb er de hele dag over zitten piekeren." Jack schonk de melk in een pannetje. „En ik vind dat je moet gaan."

Amy's mond viel open. Eigenlijk had ze niet gedacht dat

iemand het een goed plan zou vinden. Het was zo'n on-werkelijk idee geweest, alsof het nooit écht zou kunnen worden.

„We moeten wel met je school overleggen," ging Jack verder. „Je mag natuurlijk niet achterop raken met je schoolwerk. Maar ik zal ze morgenochtend wel opbellen om toestemming te vragen. En we moeten ook aan Mercu-ry's eigenaars denken. Het lijkt me handig om zo snel mo-gelijk aan ze uit te leggen wat er aan de hand is. Als ze het ermee eens zijn, denk ik dat je maar een weekje of wat moet gaan om te zien hoe het zich ontwikkelt."

„Opa, je bent geweldig!" zei Amy. Ze stond op en sloeg haar armen om hem heen. „Enorm bedankt! Ik bel Gabriel en Bruce morgen meteen na school. En Huten ook."

„Als je instinct zegt dat dit is wat je moet doen, dan ge-loof ik je, Amy," zei Jack, en hij drukte haar dicht tegen zich aan. „En ik weet hoe belangrijk Ten Beeches voor je moeder geweest is. Als jij denkt dat Huten Mercury kan helpen, dan geloof ik dat je gelijk hebt."

Amy glimlachte. Het voelde alsof er een zware last van haar schouders was gevallen. „Ik had niet gedacht dat ie-mand het met me eens zou zijn, opa." Ze aarzelde even. „Het lijkt wel alsof ik alles verkeerd doe de laatste tijd."

Haar opa keek haar liefdevol aan. „Dat denken we alle-maal wel eens, Amy. Het komt vast weer goed. Kijk maar naar al die moeilijke momenten die we de laatste maanden hebben overleefd."

„Misschien heb je wel gelijk," knikte Amy nadenkend.

Jack schonk de chocola in grote bekers.

„Hé, hier ruikt iets heel goed." Lou kwam de keuken binnen.

Jack lachte. „Ik heb nog wat over. Wil je ook een beker?"

„Ja, lekker."

„Opa vindt dat ik naar Huten moet gaan," zei Amy.

Lou schrok. „O.... Echt waar?" Ze keek Jack vragend aan. „Nou, dan is dat blijkbaar besloten." Haar stem klonk een beetje geïrriteerd.

Jack deelde de bekers met chocolademelk uit en ging aan tafel zitten.

„We moeten eerst nog met een paar mensen praten," zei hij. „Het wordt nog een heel geregel. Maar ik zie niet waarom het niet zou kunnen werken."

„Nou, een goeie reis dan maar," zei Lou met tegenzin tegen Amy. „Maar ik snap nog steeds niet waarom je nou zo nodig moet gaan."

„En? Wat zei ze?" vroeg Soraya nieuwsgierig toen Amy het kantoor van de rector van de school uit kwam. Amy grijnsde tevreden. „Ze vond het goed. Opa had al gebeld en haar overgehaald. Maar ik moet wel allemaal werk meenemen. En ik mag niet langer dan een week wegblijven."

„Is dat genoeg?" wilde Soraya weten.

„Dat zal wel moeten. Ik kan Heartland toch ook niet langer missen." Amy zuchtte. Omdat zij wegging, zouden de anderen harder moeten werken. Ty en Ben zouden samen al haar taken overnemen.

„Maar iedereen is het er toch over eens dat het een goed

plan is?" vroeg Soraya. „Ty en Ben, bedoel ik?"

„Nou, min of meer," zei Amy ongemakkelijk. „Maar ze weten natuurlijk nog niet dat het nu zeker is dat ik ga."

„Als dat handig is, kan ik elke middag wel naar Heartland komen om ze te helpen," bood Soraya aan.

Amy kneep haar dankbaar in haar arm. „Echt waar? Dat zou echt super zijn. Maar weet je het zeker?"

„Tuurlijk weet ik dat zeker." Soraya lachte een beetje schaapachtig.

„Nou, ik kan wel iemand op Heartland bedenken die daar heel blij mee zal zijn," plaagde Amy. „En dan baalt-ie misschien ook niet meer zo dat ik wegga."

„Bedoel je Ben? Denk je echt dat hij het leuk zal vinden?" Soraya werd een beetje rood.

„O, kom op, Soraya! Dat weet je best. Ben lijkt wel een ander mens als jij in de buurt bent. Het is leuk dat hij met jou kan lachen, want hij is anders zo serieus over alles."

Amy hield de hoorn van de telefoon tegen haar oor gedrukt en wachtte ongeduldig tot iemand op zou nemen.

Eindelijk klonk een bekende stem. „Met Barbara."

„Barbara, met Amy Fleming, van Heartland. Ik ben vorig weekend met mijn zus bij jullie langs geweest. Is Huten in de buurt?"

„O, hallo, Amy. Ik zal hem even roepen," zei Barbara. „Hij vindt het vast leuk dat je belt."

Amy haalde diep adem. Nu ze zover was gekomen, zou het toch wel jammer zijn als Huten niet wilde dat ze kwam. Ze had al met Gabriel gesproken en die vond het een goed idee. Ze hoorde voetstappen aan de andere kant van de lijn.

„Huten, met Amy, de dochter van Marion," zei ze toen ze hoorde dat hij de telefoon oppakte.

„Hallo, Amy," zei Huten. „Wat kan ik voor je doen?"

„Ik… Ik vroeg me af of ik naar u toe kon komen om met u te werken. Met een van onze paarden."

„Nou, we hebben nog plek." Huten klonk helemaal niet verbaasd. „Vertel eens wat over het paard."

Amy's hart begon te bonken. Ze legde snel uit wat Mercury's probleem was en wat ze er al aan hadden gedaan. Huten liet haar rustig uitpraten en vroeg toen: „Wanneer kun je komen?"

„We moeten zo snel mogelijk in actie komen," zei Amy. „Ik dacht misschien zaterdag? Voor een week, als het mag."

„Ik verheug me erop om met je samen te werken, Amy," zei Huten op zijn gebruikelijke afgemeten manier. „Goeie reis."

Amy legde met een opgewonden gevoel de telefoon neer. Ze liep naar de zitkamer, waar Lou en Jack televisie zaten te kijken.

„Het is geregeld," riep ze uit. „Ik kan naar Ocanumba!"

„Dat is goed nieuws. Ik breng je wel," beloofde Jack, lachend om Amy's uitgelaten stemming. „Dat lijkt me het handigste, want dan kan hier alles gewoon doordraaien."

„Je bent een schat, opa," zei Amy.

Ze rende het erf op om Ty te zoeken voordat hij naar huis ging. Ze wist niet zeker of ze nou blij of verdrietig was. Ze vond het dan wel super dat ze naar Ten Beeches zou gaan, maar ze was ook bang dat Ty zou flippen als hij het hoorde. Ze hadden nog helemaal niet met elkaar gepraat sinds die ruzie. Amy kon eigenlijk niet zo goed bedenken hoe ze het hem moest vertellen.

Ty stapte net in zijn auto en klikte zijn gordel vast.

„Ty!" Ze tikte tegen het glas.

Ty draaide het raampje naar beneden.

Amy keek hem verlegen aan. „Ga je naar huis?" vroeg ze, alsof dat niet duidelijk was.

Ty knikte.

„Ik wilde even zeggen dat ik zaterdag naar Ocanumba ga. Voor een week. Gabriel vond het een goed idee, en opa gaat me brengen." Er was geen spoortje opgewondenheid meer te horen in Amy's stem.

Ty glimlachte koel. „Oké. Nou, dat is dan geregeld."

„Ja," zei Amy. Haar maag kromp ineen toen ze zag hoe kil zijn ogen waren. Ze was even stil. „Soraya heeft aangeboden om in de stal te helpen als ik weg ben."

„Aardig van haar," zei Ty. „Dat zou wel handig zijn." Hij startte de motor en Amy stapte achteruit. „Nou, tot morgen."

„Oké." Amy aarzelde. Eigenlijk wilde ze nog iets zeggen, iets waardoor alles weer goed zou komen, maar ze wist niet wat. „Tot ziens," zei ze ten slotte.

Ty knikte, en de pick-uptruck begon te rijden. Met haar hoofd gebogen liep Amy terug naar de boerderij.

Donderdag was Amy bijna uitgeput. Ze moest niet alleen haar gewone werk doen, maar ook nog een enorme berg huiswerk. Ze had anders al bijna geen tijd om te leren, en nu had ze nog extra opdrachten ook. Voor ze wegging, moest ze twee proefwerken maken. Elke avond werkte ze door tot twaalf uur, en stond om zes uur weer op om uit te mesten, te voeren, te poetsen en alle andere dingen te doen voor ze naar school ging.

Verder – en dat was het belangrijkste – probeerde ze zoveel mogelijk tijd door te brengen met Mercury, om een zo goed mogelijke band met hem te krijgen voor ze wegging. Die avond na school haalde ze hem uit zijn box. Op weg naar de bak kwam ze Ben tegen, die net uit Reds box kwam. Ze stak haar hand op en hij zwaaide terug.

„Hoi, Ben," riep ze. „Ik ga met Mercury aan de slag. Heb je zin om te helpen?"

Ben zweeg. Aan zijn gezicht kon ze niet zien wat hij dacht. Hij schudde zuchtend zijn hoofd.

„Amy… Het lijkt me beter van niet," zei hij.

Amy beet op haar lip. „Ik ga niet proberen met hem te springen. Ik wou hem aan de lijn zetten, en dan misschien een join-up doen. Ik wil dat Mercury me zoveel mogelijk vertrouwt voor we gaan."

Ben aarzelde even, maar schudde toen zijn hoofd. „Bedankt, Amy. Ik weet dat het best moeilijk is geweest om te bedenken wat je voor Mercury kon doen. En ik heb niet echt geholpen." Hij zuchtte weer. „Ik moet nu eerst uitvogelen wat er met Red aan de hand is, dus daar wil ik wat tijd in steken. Als je dat goed vindt, natuurlijk."

Amy voelde zich heel rot. „Tuurlijk is dat goed. Nou, eh… Tot zo."

Ze liep met Mercury naar de trainingsring. Haar voeten waren zwaar van vermoeidheid, maar daar probeerde ze maar niet op te letten.

Eenmaal aan de lijn leek Mercury heel rusteloos. Hij schudde met zijn hoofd tijdens het draven. Dat was logisch, dacht Amy bij zichzelf. Hij voelde natuurlijk hoe moe ze was. Maar toen ze al haar aandacht op het paard richtte, voelde ze zich weer wat beter en het paard ging regelmatiger lopen.

„Goed zo, jongen," mompelde ze en ze liet hem in galop overgaan.

Uit haar ooghoek zag ze dat er iemand in de hoek naar haar stond te kijken. Ze bracht Mercury terug naar draf en draaide zich om. Het was Lou.

„Hoi, Lou," riep ze. „Wou je iets zeggen?"

„Nee, nee." Lou leek zich een beetje te schamen. „Ik stond gewoon te kijken. Mercury loopt goed, hè?"

„Ja, hij is nu wat rustiger geworden." Amy vond het leuk dat Lou zo geïnteresseerd leek, ook al was ze het niet eens met haar plan over Ocanumba. Ze liet Mercury halt houden. „Ik ga hem even aan de lijn laten lopen," zei ze. „Wil je dat ook eens proberen?"

„Ik?" zei Lou verbaasd.

„Waarom niet?"

Lou haalde haar schouders op, met in haar ogen een vreemde mengeling van angst en opwinding. Maar dat ging snel voorbij. „Nou…"

„Kom op," drong Amy aan. „Het is net als fietsen, dat verleer je ook nooit."

Lou klom over het hek en kwam zenuwachtig naar het midden van de bak.

„Hier, maak maar een V-vorm met de lijn en de longeerzweep," zei Amy. „Goed zo."

Lou klakte met haar tong om Mercury in stap te laten gaan. Hij deed braaf wat ze zei en al gauw had Lou hem op een keurige volte in draf. Amy gluurde naar het gezicht van haar zus. Lou's wangen gloeiden helemaal en ze was duidelijk zo trots als een pauw. Er was al veel veranderd sinds Tim, hun vader, een paar weken geleden langs was gekomen en Lou een join-up met een paard had gedaan. Dit was de eerste keer sinds ze een klein meisje was dat Lou weer echt met paarden werkte. Terwijl Lou zich concentreerde op het paard aan de lijn, bedacht Amy opeens iets. Misschien was haar zus wel klaar voor de grootste stap: weer op een paard gaan zitten.

Lou liet Mercury halt houden, en Amy besloot om het voor te stellen.

„Lou," zei ze, „waarom ga je er niet even op zitten? Dan houd ik hem wel vast. Hij is echt heel rustig."

Lou keek naar de ruin en haalde diep adem. Daarna schudde ze haar hoofd. „Nee, dank je, Amy," zei ze kortaf. „Dat longeren was te gek, maar ik ben er nog niet klaar voor om weer te gaan rijden."

„Dan ga je toch alleen maar stappen?" drong Amy een beetje aan. „Ik zal hem echt niet loslaten."

Lou twijfelde. „Nou," zei ze met tegenzin, „oké dan. Maar dan moet je hem wel goed vasthouden."

„Dat beloof ik."

Amy gaf Lou een pootje en Lou zwaaide moeiteloos op de rug van Mercury. Ze pakte de teugels op en Amy keek vol verbazing naar boven. Ze kon gelijk al zien dat Lou, zelfs zonder zadel, de perfecte houding had. Maar waarom was ze eigenlijk verbaasd? Lou had bijna elke dag gereden tot ze twaalf was. Zoiets verleerde je niet, zelfs niet als je heel lang niet op een paard had gezeten.

Ze liepen heel rustig over de hoefslag en Amy hield het hoofdstel stevig vast. „En? Wat denk je ervan? Wil je een drafje proberen?"

Ondanks haar angst moest Lou lachen. „Vooruit dan maar," zei ze. „Maar als ik eraf kieper, is het wel jouw schuld!"

Amy grinnikte. „Je blijft heus wel zitten, hoor. Hij gooit echt niet hoog op."

Amy begon te rennen en naast haar ging Mercury in een langzaam drafje over. Zo gingen ze de halve ring door en Lou pakte het ritme moeiteloos op. Amy liet Mercury weer in stap overgaan en daarna halt houden.

Lou liet zich van zijn rug glijden. Even stonden er tranen in haar ogen, maar die knipperde ze weg. „Amy, dat was te gek, bedankt!" zei ze. Ze sloeg haar armen om haar zus heen en lachte. „Wauw, ik kan het bijna niet geloven! Ik had niet gedacht dat ik ooit nog zou rijden. Zelfs nadat ik die join-up had gedaan met Sugarfoot en pap wegging, dacht ik nog niet dat ik het zou kunnen."

Amy lachte terug, ze kon wel dansen van plezier.

Lou trok haar gezicht weer in de plooi. Ze klopte Mercury nadenkend op zijn hals en keek Amy ernstig aan. „Weet je nog wat Huten zei toen we daar waren?" zei ze zacht. „Over hoe moeilijk het is om de juiste tijd te herkennen?"

Amy knikte.

„Nou… eh…" Lou zocht naar woorden. „Ik denk dat je net wel de juiste tijd hebt herkend. Voor mij, bedoel ik. Ik denk dat ik het zelf niet eens wist."

Amy beet peinzend op haar lip.

„En ik hoop dat je vindt wat je zoekt op Ten Beeches," ging Lou snel verder. „Ik zal aan je denken."

„Bedankt, Lou. En ik zal aan jou denken."

Het was vrijdagavond. Jack en Amy zouden de volgende ochtend weggaan, dus Amy was nu vast haar koffer aan het inpakken.

„Heb je al dag gezegd tegen Ty?" vroeg Lou. Ze stond in de deuropening van Amy's kamer om haar een boterham te overhandigen. Amy had zelfs geen tijd gehad om gewoon aan tafel te eten. „Hij gaat zo weg."

Amy keek wanhopig op. „Hoe laat is het dan?"

„Bijna half tien."

Amy kreunde. „O, nee hè! Dan ga ik hem gauw zoeken."

Met haar koffer half ingepakt op het bed en haar boterham nog op haar bureau, racete ze naar buiten. „Ty!" riep ze. Hij was niet op het erf, dus liep ze naar de achterste stallen. Daar kwam hij net Pirate's box uit met een pot medicinaal hoevenvet in zijn handen.

„Ik kwam even dag zeggen," zei Amy onhandig. „Ik zie je morgenochtend denk ik niet meer. Of in ieder geval niet erg lang."

Ty zette zijn poetskist neer. „O... Oké." Er viel een stilte. Amy keek hem even aan.

„Ik hoop dat je vindt waar je naar op zoek bent," zei Ty.

„Bedankt. En ik hoop dat alles hier goed gaat als ik weg ben."

„We zullen je missen," zei Ty, „maar we redden het wel."

Er viel weer een stilte, waarin ze allebei naar woorden zochten.

„Nou... Dan ga ik maar weer door met inpakken," zei Amy. „Ik ben nog niet klaar, en ik weet zeker dat ik dingen heb vergeten."

„Tot ziens dan," zei Ty.

„Doei." Amy rende terug naar de boerderij, maar ze was de stal nog niet uit of de tranen liepen al over haar wangen.

Amy sliep die nacht slecht, ze lag maar te woelen en te draaien. Zodra het licht was, stond ze op, ze kon niet wachten om op weg te gaan. Toen zij en Jack eindelijk in de auto zaten, werd ze overmand door vermoeidheid en viel ze in slaap. Jack Bartlett reed kalm verder met de trailer en toen Amy weer wakker werd, waren ze nog maar een halfuurtje van hun bestemming verwijderd.

„Opa! Waarom heb je me niet wakker gemaakt?" vroeg ze. „Nou moest je al die tijd alleen rijden."

„Geeft niks, hoor. Volgens mij kon je wel wat slaap gebruiken, en ik had de radio aan. Er is nog nooit iemand slechter geworden van een tijdje rustig in z'n eentje zijn."

Amy keek naar buiten. Ze waren al een stuk de bergen in

gereden. Na de volgende bocht zag ze een uitgestrekt bos voor zich, en opeens realiseerde ze zich wat ze eigenlijk aan het doen was. Ze zou voor het eerst alleen weg zijn van Heartland sinds Marion dood was. Amy moest even slikken. Dit zou zo anders zijn dan haar weekendje weg met Lou.

„Het wordt vast een pittig weekje," merkte ze op.

„Ja," zei haar opa. „Maar je kunt altijd bellen als je even met ons wilt praten. Weet je, ik ben echt heel trots op je, Amy."

„Bedankt, opa." Amy dacht aan Ty en voelde zich een beetje verdrietig worden. Had híj maar zoiets tegen haar gezegd voor ze wegging. Maar dat had hij niet gedaan. Amy moest toegeven dat ze het nu, voor de eerste keer, echt niet met elkaar eens waren. Ze kreeg een rottig gevoel in haar buik. Dit was nou precies waar ze zo bang voor was: dat als ze verkering zouden krijgen, het dan helemaal fout zou gaan. Zou het wel weer goed komen?

Ze sloegen de weg in naar Ten Beeches, en Amy dwong zichzelf weer te denken aan de week die voor haar lag. Eenmaal aangekomen zagen ze dat Huten en Bill Whitepath al stonden te wachten. Huten stak lachend zijn hand op. Amy sprong uit de auto en stelde Jack aan iedereen voor.

„Fijn dat je er bent, Amy," zei Huten.

Jack Bartlett schudde de twee mannen de hand en ging toen samen met Bill Mercury uit de trailer halen.

„We hebben de laatste box voor hem gereserveerd. Laten we hem daar eerst maar eens heen brengen, en dan zal ik je daarna je kamer laten zien."

Mercury keek geïnteresseerd om zich heen. Een paar andere paarden hinnikten en briesten bij het zien van de nieuwe buurman, en hij hinnikte terug. Zijn box was groot en luchtig. Er lag een dikke laag stro op de grond en Mercury stond binnen de kortste keren tevreden uit zijn hooinet te eten.

Ze liepen het pad naar het huis op en Barbara verscheen in de deuropening, met een brede glimlach op haar gezicht.

„Welkom!" zei ze. „Hebben jullie een goeie reis gehad?"

Ze liep voor hen uit naar de keuken. „Maar eerst de belangrijke zaken!" Ze zette een stel grote koppen dampende soep op tafel. „Het eten is klaar."

Jack knipoogde bemoedigend naar Amy en ging zitten. Amy grijnsde terug, maar eigenlijk kreeg ze het steeds benauwder.

Toen hij zijn soep op had, stond Jack op. „Ik heb nog een lange terugreis voor de boeg, dus ik stap maar eens op. Bedankt voor de heerlijke lunch."

Barbara knikte en Amy liep met haar opa mee naar de trailer. Hij drukte haar even dicht tegen zich aan en klom achter het stuur. „Doe je voorzichtig?" Hij startte de motor.

„Altijd," zei Amy.

„En bel af en toe even om te zeggen hoe het gaat."

Amy knikte, ze kon even geen woord uitbrengen. De auto begon te rijden en Amy zwaaide. Ze had een brok in haar keel. Nu was er geen weg meer terug. Ze was alleen. Ze slikte en liep terug naar het huis.

„Kom maar mee, dan laat ik je je kamer zien. Het is dezelfde als die waar jij en je moeder vroeger hebben geslapen," zei Barbara, „helemaal achter in het huis." Ze ging Amy voor naar een kleine maar knusse kamer met uitzicht op de bomen. Er stonden niet veel meubels in, alleen een bed, een ladekast en een klerenkast. De twee kasten waren lichtblauw geschilderd.

Amy legde haar koffer op het bed. „Dank je wel," zei ze. „Wat een mooie kamer."

„Ik laat je nu alleen, dan kun je even je spullen uitpakken," zei Barbara. „Roep maar als je wat nodig hebt."

Amy liep naar het raam. Ze deed het open en keek naar buiten, het bos in. Het was zo stil. Achter de beuken die om het huis stonden, groeiden allemaal verschillende bomen dicht op elkaar, waardoor het bos er ondoordringbaar uitzag.

Amy staarde naar de bomen en begon opeens vreselijk te twijfelen. Wat deed ze hier eigenlijk? Ze had een paard meegenomen naar een plek die ze helemaal niet kende, naar mensen die ze pas twee keer had ontmoet, en de eerste keer was ze pas zes jaar geweest. En ze zou hier ook nog helemaal alleen zijn, zonder de mensen van wie ze hield en die haar de afgelopen maanden zo hadden gesteund.

Waarom had ze ooit gedacht dat dit een goed idee was?

Hoofdstuk 6

Amy pakte langzaam haar spullen uit en ging op het bed naar buiten zitten kijken. Ze besloot dat ze eerst Huten zou gaan zoeken om met hem over Mercury te praten. Dan kon ze tenminste een beetje een idee krijgen van hoe het er hier aan toe ging.

Ze trok een oude spijkerbroek aan en liep naar het erf. Huten stond net de hoeven van een stekelharige vosmerrie uit te krabben. Hij zette haar ene achtervoet neer en liep om de merrie heen om de andere te doen. Amy keek toe hoe hij werkte en het viel haar op hoe knokig zijn handen waren. Ze bedacht dat hij al bijna tachtig moest zijn.

Huten werkte zwijgend de voeten van de merrie af. Hij klopte haar op haar flank en bracht haar terug naar stal. Onzeker slenterde Amy achter hem aan.

„Zou u misschien naar Mercury willen kijken?" vroeg ze. „Dan kan ik vertellen wat we allemaal met hem hebben geprobeerd."

Huten keek haar kalm aan. „Daar is nog tijd genoeg

voor," zei hij. „Het is nu belangrijk dat je je hier thuis gaat voelen. Relax maar een beetje en kijk lekker rond."

Ik ben hier maar een week, dacht Amy bij zichzelf. Ze deed haar mond open om te protesteren, maar de uitdrukking op Hutens gezicht hield haar tegen. Ze slikte de woorden weer in. Huten lachte en liep langzaam naar het huis, zijn schouders wat gebogen door de jaren.

Amy keek hem na en wandelde naar de achterkant van de stallen. „Relax maar een beetje," had hij gezegd. Nou, ze voelde zich helemaal niet relaxed! Ze had maagpijn van de spanning. Als ze nog niet echt aan het werk kon gaan, hoe zou ze dan zeker moeten weten dat ze de goeie beslissing had genomen door hier naartoe te gaan?

Ze sloeg een klein paadje in dat het bos in leidde. Al-gauw kwam ze langs een beekje en ze ging op een rotsblok zitten. Ze staarde naar het spiegelende water en het leek wel alsof ze daar Ty's gezicht zag. Als ze aan hem dacht, werd haar hoofd helemaal warrig. En ergens diep van bin-nen voelde ze zich ook een beetje ongemakkelijk.

„Het is mijn eigen schuld," fluisterde een stemmetje. „Ik heb hem zelf van me weggeduwd. Ik ben veel te koppig." En een ander stemmetje fluisterde: „Hou op, je kunt toch niet een hele week aan Ty gaan zitten denken. Je bent hier met een doel, dus daar moet je voor gaan."

Na een tijdje stond Amy op en ging terug naar het erf. Ze dwaalde langs de stallen en bleef bij de box van Maverick staan. Ze gluurde naar binnen om de magere, angstige pony te zien. Maar hij was er niet, zijn stal was leeg.

Teleurgesteld ging ze op een emmer zitten die op z'n

kop voor Mercury's stal stond en vroeg zich af wat ze zou gaan doen. Haar opa was misschien al terug op Heartland. Ze viste haar mobieltje uit haar zak en toetste het bekende nummer in. Lou nam op.

„Hoi, Lou! Met mij. Is opa al thuis?"

„Ja, vijf minuten," zei Lou. „Volgens mij is-ie best moe. Hoe is het met jou?"

„Prima," zei Amy. Maar ze wist dat haar stem bibberig en verdrietig klonk. „Er is nog niet zoveel gebeurd."

„Dat komt nog wel," zei Lou. „Je bent er net."

„Ja. Nou ja, ik wou even weten hoe het met opa was."

„Hou je taai," zei Lou.

„Doe ik." Amy drukte haar telefoon uit en bleef er even naar zitten staren. Even kwam het in haar op om ook Ty te bellen, maar ze besloot het toch maar niet te doen. Ze wist eigenlijk niet goed wat ze dan moest zeggen. Ze klapte haar mobieltje dicht en stopte hem weer in haar zak.

Opeens zag ze een schaduw op de grond verschijnen. Ze keek op. Carry stond naar haar te kijken, met haar hand boven haar ogen tegen de zon.

Amy glimlachte. „Hoi! Weet je nog wie ik ben?"

Carry haalde haar schouders op. „Ja," zei ze ongeïnteresseerd. „Jij was toch dat meisje dat met paarden werkt?"

„Klopt." Amy wist niet zo goed wat ze van Carry moest vinden. Ze leek zo gauw geïrriteerd. Amy stond op. Carry leek niet ergens dringend naartoe te moeten, dus slenterden de twee meisjes over het erf en langs het pad naar de grote trainingsring, waar Amy een tijd terug naar Huten en Albatros had staan kijken. Carry zei niks, dus zocht

Amy naar een onderwerp.

„Werk jij ook met de paarden?" vroeg ze.

Carry schudde haar hoofd. „Niet vaak. Ik rijd wel soms, maar ik vind er eigenlijk niet zoveel aan. Volgend jaar om deze tijd ben ik vertrokken."

Amy was weer net zo nieuwsgierig als toen ze Carry de eerste keer zag. Ze kon zich niet voorstellen dat je Huten als opa had en het toch niet te gek vond wat hij deed. „Waar ga je dan naartoe?" vroeg ze.

„Naar Boston, denk ik. Of misschien New York. Ik wil in de stad wonen. Ik ga gewoon ergens heen waar ik werk kan vinden." Ze schopte tegen een steentje en lachte. „De vrijheid tegemoet! Ik kan haast niet wachten."

Amy's mond viel open. „Volgens mij heb je hier anders ook aardig wat vrijheid," merkte ze op.

Carry snoof. „Misschien geldt dat voor sommige mensen," zei ze. „Maar niet als je hier al je hele leven rondhangt. Er is geen moer te doen." Ze haalde haar schouders op en keek Amy aan. „Ik weet wel dat je hier bent om opa aan het werk te zien. Je wilt op de een of andere manier iets van zijn wijsheid overnemen. Maar volgens mij kun je het verleden beter het verleden laten. Mijn hele familie zit volkomen vastgeroest in z'n geschiedenis. Net zoals veel anderen hier in de buurt."

„Maar jullie geschiedenis gaat ook zo ver terug," zei Amy onzeker. „Dat blijft toch altijd bij je, waar je ook heen gaat?"

Carry stak haar tong uit. „Ik denk liever aan de toekomst. Oké, ik ben een Amerikaanse indiaan. Een Amerikaanse.

Net als jij Amerikaans bent, en een heleboel andere mensen Amerikaans zijn, mensen die overal vandaan komen. Ik wil gewoon mijn leven leiden alsof er geen verschil is tussen ons en anderen. Dan is iedereen blij, en blijven we niet hangen aan oude gewoontes en wraakgevoelens. Denk je ook niet dat dat het beste is?"

Amy dacht even na over wat Carry had gezegd. „Nou, daar is vast niks mis mee," zei ze langzaam. Ze keek om zich heen, naar de enorme populieren en esdoorns en de berg die aan één kant naast hen de hemel in reikte. „Maar ik denk toch dat jullie hier iets heel bijzonders hebben."

Carry brak een takje van een struik af en begon ermee te spelen. Ze maakte er stukjes van en gooide ze in de lucht. „Dat vinden hele ladingen toeristen ook," zei ze droog.

Ze kwamen bij een weitje achter de trainingsring en daar zag Amy Maverick staan. Hij stond in z'n eentje en graasde in de buurt van het hek. Toen Amy en Carry dichterbij kwamen, gooide hij zijn hoofd omhoog en hield op met kauwen. Amy leunde over het hek. De pony schrok en galoppeerde weg, helemaal naar de verste hoek.

„Die is echt niet happy," zei Amy.

Carry knikte vaag. „Hij is nog steeds best wel wild."

Ze bleven even staan kijken. Maverick bleef angstig naar hen te staren, zonder te durven grazen. Wat zou ik graag zijn vertrouwen proberen te winnen, dacht Amy. Maar ze was hier een gast, ze kon zich niet met de andere paarden gaan bemoeien. Ze was hier voor Mercury, en dus moest ze zich ook alleen op hem richten.

„Hij was heel erg verwaarloosd," zei Carry opeens. „Een

paar bouwvakkers hebben hem gevonden op een vervallen boerderij, waar hij in een kudde half wilde paarden liep. Het weiland waar ze op stonden, was totaal kaalgegraasd. Maverick stond helemaal onderaan in de rangorde, en de andere paarden zaten hem zo op zijn huid dat hij bijna niet bij het gras kwam."

Amy keek Carry stomverbaasd aan. Voor iemand die niet zoveel met paarden te maken wilde hebben, wist ze wel een heleboel over deze pony te vertellen.

„Dus is hij overal bang voor," begreep Amy. „Ook voor mensen."

„Jep. En de andere paarden hier voelen die angst. Daarom kan hij nog niet met de andere in de wei. Dan zou hij alleen maar weer gepest worden."

„En hoe behandelen jullie hem daarvoor?" vroeg Amy.

Ineens leek Carry niet meer geïnteresseerd. Ze was even stil en haalde toen haar schouders op. „Dat is opa's afdeling," deed ze Amy's vraag af. Ze draaide zich om. „Kom op, we gaan eten. Mam heeft vast iets lekkers gemaakt."

Tijdens het eten voelde Amy opeens hoe vreselijk moe ze was. Het was een lange dag geweest, aan het eind van een zelfs nog langere week. Ze zat zwijgend te eten, haar hoofd te vol om mee te doen aan de gesprekken van de vrolijke familie om de tafel. Barbara glimlachte warm tegen haar en Amy voelde dat er in ieder geval iemand begreep hoe uitgeput ze opeens was. Ze verontschuldigde zich zodra het kon en ging naar haar kamer. Daar viel ze bijna meteen in een diepe, droomloze slaap.

Amy werd wakker van het gele licht dat door de beuken voor het raam naar binnen viel. Ze bleef even liggen, tot ze zich realiseerde dat ze niet in haar eigen bed op Heartland lag. Ze kleedde zich snel aan en ging naar buiten.

„Hallo, jongen," zei ze tegen Mercury. Ze glipte zijn box binnen. Hij brieste opgewekt en ze wreef zachtjes over zijn voorhoofd en hals. Hij keek rustig en helder uit zijn ogen, en het leek alsof hij helemaal geen last had van de lange reis de vorige dag. „Je voelt je al helemaal thuis, hè?" mompelde ze. Hij snuffelde aan haar zakken, op zoek naar lekkers. „En veel eerder dan ik, dat kan ik je wel vertellen." Ze viste een stuk wortel voor hem uit haar zak. „Zullen we na het ontbijt eens aan het werk gaan?"

Mercury richtte zijn aandacht weer op zijn hooinet en Amy liep de stal uit. Daar zag ze Bill met een paar wateremmers lopen en bood aan om te helpen.

„Graag," zei hij. „Zou je het erf kunnen vegen? En misschien een paar hooinetten vullen?"

Amy was opgelucht. Eindelijk had ze iets te doen, ook al was het niet precies waarvoor ze was gekomen. Ze ging aan de slag. Toen het tijd was voor het ontbijt, dacht ze bij zichzelf: Misschien wil Huten wel met me over Mercury praten tijdens het eten.

Maar binnen was Huten nergens te bekennen. En ook Carry niet. Barbara zette notenbrood en koffie voor haar neer. Amy vroeg zich af of de anderen nog zouden komen en aarzelde of ze al moest beginnen.

„Ga maar lekker eten, hoor," zei Barbara. „We zijn hier niet zo streng over ontbijttijden. Huten eet het liefst wat later. En Carry slaapt altijd uit."

Ze had geen keus, realiseerde Amy zich. Ze zou gewoon zelf beslissingen moeten nemen en alvast alleen met Mercury moeten gaan werken.

Ze genoot van het lekkere brood. Na de laatste slok koffie bedankte ze Barbara en ging weer naar buiten. Ze zadelde Mercury op en nam hem mee door de ochtendzon naar de trainingsring. Die was leeg, geen spoor van Bill of Huten. Amy deed het hek achter Mercury dicht en liet hem zijn spieren opwarmen. Hij was fris en pittig omdat hij de vorige dag stil had gestaan, dus nam ze extra de tijd om hem te kalmeren en naar haar te laten luisteren. Toen hij rustig was geworden, liet ze hem wat eenvoudige achtjes draven, genietend van zijn soepele bewegingen. Op het moment dat ze hem in galop over liet gaan, zag ze Huten het pad naar de ring afkomen.

„Kom op, jongen," mompelde ze tegen Mercury. „We hebben publiek."

Mercury boog zijn hals en ging grotere passen maken. Amy glimlachte. Het was net of hij had begrepen wat ze zei. Hij was echt een artiest. Ze kon zich heel goed voorstellen dat hij ooit had genoten van de opwinding bij wedstrijden.

Na nog een paar rondjes over de hoefslag, hoorde Amy Huten roepen. Ze hield Mercury in en draafde vol verwachting naar het hek.

Huten had een klein glimlachje op zijn gezicht. „Volgens mij heeft hij wel genoeg gedaan," zei hij.

Amy was verbaasd en teleurgesteld. „Maar ik ben hier

net," protesteerde ze. „Ik heb hem alleen nog maar laten warmlopen. Hij heeft nog helemaal niet zoveel gedaan."

„Zet hem maar in het weitje aan het eind van het pad," zei Huten. „Dan kan hij lekker een paar uur in de zon staan."

Een beetje van haar stuk gebracht reed Amy met Mercury naar het hek en steeg af. Huten hield het hek voor haar open en liep mee het pad af.

„Behalve het springen doet hij alles verder zo goed," vertelde Amy. „En het is zo'n uitslover. Hij vond het springen vast heerlijk in het begin. Ik probeer nu manieren te vinden om hem dat weer te helpen ontdekken, maar het lijkt wel alsof hij echt niet wil."

Huten knikte en zweeg een paar minuten. Amy wachtte, ze hoopte dat hij iets scherpzinnigs zou zeggen over hoe ze reed of over hoe ze het probleem aanpakte.

„Hij zal het vast fijn vinden om gewoon een beetje met de andere paarden rond te hangen," zei hij uiteindelijk.

Amy wist echt niet wat ze daarop terug moest zeggen. Wat had dat nou te maken met het behandelen van zijn springprobleem? Ze kwamen bij het erf en vervingen Mercury's zadel en hoofdstel door een halster. Op weg terug over het pad naar het weitje, bedacht Amy dat ze helemaal niets begreep van Huten. De dingen die hij zei, sloegen volgens haar helemaal nergens op.

In het weitje stonden nog drie andere paarden. Mercury stak gretig zijn neus naar ze uit. Amy maakte het hek open en deed zijn halster af. Hij galoppeerde weg met een hoog gehinnik en bokte speels. Amy keek hem na. Voelde ze zich ook maar zo zorgeloos. Er prikten tranen in haar ogen, maar die knipperde ze weg. „Doe niet zo stom," zei ze boos tegen zichzelf. Maar ze kon niet ontkennen dat ze zich rot voelde; ze was eenzaam en had heimwee naar Heartland. Dit uitstapje ontwikkelde zich absoluut anders dan ze had verwacht.

Na het middageten stortte Amy zich op haar schoolwerk. Ze kon zich moeilijk concentreren, maar dwong zichzelf een paar uur te studeren. Daarna ruimde ze haar boeken op en slenterde over het erf. Ze kon niet zo goed bedenken wat ze zou gaan doen, dus ging ze op zoek naar Bill.

„Al het werk is eigenlijk al af," zei Bill toen ze vroeg of ze iets voor hem kon doen. „Ik ga met een paar mensen een buitenrit maken vanmiddag. Er moeten nog wat paarden worden gepoetst, maar dat doe ik wel als ik terug ben. We hebben het nu niet zo druk."

„Kan ik ze niet voor je borstelen?" vroeg Amy.

Bill haalde glimlachend zijn schouders op. „Prima, als je dat echt wilt. Maar het hoeft niet, hoor. Doe maar lekker wat je zelf wilt, gewoon een beetje chillen."

Amy moest lachen dat hij dat woord gebruikte. „Maar ik vind het leuk om te poetsen," zei ze eerlijk. „Vertel maar waar ze staan."

Bill vertelde waar ze de vosmerrie Ruby kon vinden en Mushroom, de stekelvos waar ze Huten de vorige dag mee had gezien.

„Lekker doen wat ik zelf wil?" mompelde Amy terwijl ze een zachte borstel over Ruby's vacht haalde. „Op

Heartland heb ik nooit genoeg tijd om alles af te krijgen, maar daar weet ik tenminste wat er van me wordt verwacht." Ze werkte zo hard dat er stofwolken van de rug van de merrie af kwamen. Het ritmische borstelen kalmeerde haar, en even dacht ze verder nergens meer aan. Ze eindigde met wat T-touchrondjes. Ruby's spieren ontspanden zich onder haar vingers, en dat was een fijn gevoel.

Toen ze ook klaar was met Mushroom, bracht Amy de poetskist terug naar de zadelkamer. Huten kwam net een box uit met een lege emmer. Hij stak zijn hand op en Amy rende meteen naar hem toe.

„Hallo, Huten! Ik was van plan om Mercury uit de wei te halen en nog een sessie met hem te doen. Hij staat nou al een hele tijd buiten. Hebt u een halfuurtje over?"

Huten glimlachte traag en hield zijn hoofd schuin. „Waarom ga je niet naar hem toe om een tijdje samen met hem te zijn?" zei hij. „Dat vindt-ie zeker leuk." Hij liep naar de kraan aan de andere kant van het erf.

Amy liep verward achter hem aan. „Wat bedoelt u? Gewoon een beetje rondhangen in de wei? Vindt u niet dat ik nog wat met hem moet werken?" vroeg ze.

Huten draaide de kraan open en zweeg tot de emmer vol was. Daarna ging hij weer rechtop staan.

„We houden hier nooit op met werken," zei hij. „Maar aan de andere kant zijn er mensen die zeggen dat we juist nooit beginnen met werken."

Hij liep langzaam met zijn emmer weg en Amy keek hem verslagen na. Ze liep naar het weitje en klom over het hek. Mercury stond vredig naast de andere drie paarden te grazen en Amy liep langzaam naar ze toe. Mercury tilde zijn hoofd op en hinnikte een groet. Ze stak haar hand naar hem uit. De ruin kwam naar haar toe en snuffelde zacht aan haar vingers. Ze krabbelde op zijn voorhoofd terwijl hij in haar zakken neusde op zoek naar iets lekkers. Hij kon niets vinden en dus ging hij verder met grazen.

„O, Mercury," fluisterde Amy, „ik wou dat ik je beter begreep."

De ruin deed zijn hoofd weer omhoog en gaf haar een duwtje met zijn snuit. Daarna slenterde hij naar een plekje gras achter haar. Onzeker liep Amy met hem mee terwijl hij van graspol naar graspol ging. Opeens voelde ze zich verschrikkelijk ongelukkig. Ze leunde tegen zijn flank en legde haar hoofd op haar armen. Mercury keek verbaasd om, maar ging daarna weer verder met grazen. Amy drukte haar voorhoofd tegen zijn vacht en tranen rolden over haar wangen. Ze vlocht haar vingers stevig in zijn manen.

Na een paar minuten begon ze zich wat beter te voelen. Ze ging rechtop staan en keek om zich heen. Vol afgrijzen zag ze dat Carry bij het hek stond. Amy veegde snel haar tranen weg met haar mouw. Hoe lang stond Carry daar al te kijken? Maar Carry's gezicht verraadde niets. Ze draaide zich om en slofte het pad af.

Amy schaamde zich dood en pakte Mercury's halster. Ze liep met hem naar het erf, waar geen spoor van Carry te vinden was. De schaduw van de berg viel nog verder over het pad en Amy voelde opeens haar maag knorren. Ze liet Mercury in zijn box achter en zette koers naar het huis.

Carry lag languit op de bank. Ze gaapte en stond op toen ze Amy binnen zag komen. „Leuke dag gehad?"

Eigenlijk wilde Amy zeggen: 'Nee! Ik heb helemaal geen leuke dag gehad. En dat weet je best, want je zag me daar in het weitje staan. Ik heb geen idee wat ik hier aan het doen ben, en volgens mij zit ik hier alleen maar tijd te verspillen.' Ze keek Carry even aan. Daarna knikte ze en probeerde te glimlachen. „Ja hoor."

Ze liep achter Carry aan naar de keuken. Niet lang daarna kwamen ook Bill en Huten.

„Nou, ik hoop dat jullie allemaal honger hebben," zei Barbara vrolijk. „Ik ben de hele dag in de stad geweest, dus ik heb maar pizza gehaald. Ze waren in de aanbieding, twee voor de prijs van een."

„Barbara heeft een parttime baan," legde Bill aan Amy uit. „Bij een project voor sociale woningbouw."

„Maar we willen liever niet dat de toeristen dat zien," voegde Carry eraan toe.

Amy zag dat Bill en Barbara elkaar verdrietig en berustend aankeken. Carry had blijkbaar het gevoel dat Ocanumba alleen een toeristenattractie was. En aan de blikken rond de tafel te zien, was het niet de eerste keer dat ze haar mening over het onderwerp had uitgesproken. Amy gluurde naar Huten.

„Mensen zien wat ze willen zien," zei hij. „Waar ze ook zijn."

Hoofdstuk 7

De volgende ochtend na het ontbijt stond Huten op het erf op Amy te wachten.

„We gaan een eindje wandelen," verklaarde hij.

„O, oké," zei Amy. „Zal ik Mercury opzadelen?"

„Nee, nee. Ik bedoel gewoon te voet."

Amy had ondertussen wel door dat het weinig zin had om te protesteren tegen de manier waarop de dingen hier werden gedaan. „Oké. Waar gaan we heen?"

„Het bos in," zei Huten. Hij sloeg een pad in dat langs de berghelling naar beneden liep.

Amy volgde hem. Tijdens het lopen snoof ze de geur van bladeren op en luisterde naar het kraken van de takken.

Na een uur kwamen ze uit op een breder pad, en Amy zag gebouwen in de verte. Het leek wel een groot dorp. In het dorp was het veel drukker dan het vanaf de berghelling had geleken. Er stonden twee touringcars en overal scharrelden mensen met camera's rond. Amy liep met Huten langs een hele rij souvenirwinkels. Sommige waren van indiaanse kunstenaars, en Amy keek geïnteresseerd naar de mooie beeldjes, het aardewerk en de mandjes in de etalages. In een van de winkels waren demonstraties van oude ambachten die nog steeds werden beoefend. Amy wilde graag even stoppen, maar Huten leidde haar een zijstraat in, over een tegelpad naar een kleine werkplaats aan de rand van het dorp.

In het gebouwtje zat een man van ongeveer Hutens leeftijd. Hij maakte een mandje en vlocht rietstengels tussen de bogen door die uit de bodem omhoog staken. De man knikte kort naar Huten, maar hield niet op met vlechten.

Huten ging op de vloer zitten en wees op een plek naast hem. „Ga zitten," zei hij tegen Amy.

Amy ging in kleermakerszit naast hem zitten. Huten keek zwijgend naar de mandenmaker. Ook Amy keek gefascineerd naar de vaardige bewegingen van zijn handen.

Na een tijdje pakte Huten een mand van de stapel voltooide exemplaren achter de mandenmaker. Daarna pakte hij een van de rietstengels van het keurige stapeltje naast de wever. Huten keek Amy aan en glimlachte traag. „Als je de mandenmaker ziet werken," vroeg hij, „waar concentreert hij zich dan op? Op de rietstengel? Of op de mand zoals die moet worden?"

Amy keek naar de mandenmaker. Hij maakte net handig een stengel vast en pakte de volgende. Ze bedacht dat hij de hele tijd een beeld voor ogen zou moeten hebben van hoe de mand moest worden.

„Op de mand zoals die moet worden," antwoordde ze.

„Ja… Ik begrijp wel waarom je dat zegt," zei Huten met

een veelbetekenende glimlach. Daarna zweeg hij.

Amy wist niet of ze het goede antwoord had gegeven, maar het was wel duidelijk dat de les was afgelopen.

Huten nam haar mee naar een iets hoger gelegen terrein boven het dorp. Van daaruit waren de grote gebouwen in het centrum te zien, die werden overspoeld door toeristen, die foto's van elkaar maakten. Amy dacht weer aan wat Carry had gezegd, maar ze zag toch ook wel dat het dorp leefde van de inkomsten die de toeristen opleverden. De toeristen zorgden ervoor dat de ambachtslieden konden blijven bestaan. Het deed Amy wel wat dat Huten haar dit wilde tonen. Ze voelde dat ze iets waardevols te zien kreeg. Maar achter in haar hoofd bleef een stemmetje zeuren. „En Mercury dan? Wanneer gaan we daar iets aan doen?"

Huten liep het pad weer op en al snel waren ze op de terugweg. Nu gingen ze natuurlijk berg op en de zon was heet, dus Amy begon al snel te zweten. Huten leek nergens last van te hebben. Hij bleef onverstoorbaar in hetzelfde tempo doorlopen tot ze weer bij het erf kwamen.

Toen ze weer op Ten Beeches waren, verdween Huten naar zijn gedeelte van het huis. Amy had dorst en liep de keuken in, waar Barbara en Carry aan tafel zaten. Ze praatten met elkaar in hun eigen dialect.

Zodra Amy binnenkwam, lachte Barbara en schakelden ze over op gewoon Engels.

„Jullie hoeven voor mij niet op te houden, hoor!" riep Amy uit. „Ik vind het prachtig om jullie je eigen taal te horen praten."

„Maar dat kan ik toch niet doen?" zei Barbara. „Dat zou niet erg beleefd zijn."

„Nee hoor," zei Amy. „Ik heb het nog nooit horen spreken, dus ik vind het juist hartstikke leuk. Ik wil wel graag wat koels om te drinken, als dat mag."

Barbara wees glimlachend op de koelkast. „Ga je gang." Ze aarzelde even, maar begon toen weer in hun eigen taal met Carry te praten. Carry lachte en zei iets terug.

Amy schonk een glas appelsap in, ging bij hen aan tafel zitten en luisterde geboeid. Ze merkte dat Carry's gezicht opeens heel levendig stond. Wat raar, dacht ze. Carry zegt wel dat ze hier weg wil, maar als ze haar eigen taal spreekt, lijkt ze veel meer op haar gemak.

Toen Amy die middag even ging kijken hoe het met Mercury ging, hoorde ze hoefgekletter op het erf. Bill liep met Ruby in de richting van de trainingsring.

„Ga je met Ruby werken?" vroeg Amy.

„Ja," zei Bill. „Maar de bak is groot genoeg voor ons allebei."

„Hoeft niet. Ik ga een buitenritje met Mercury maken."

Ze ging het zadel en het hoofdstel halen en besloot aan Huten te vragen hoe ze het best kon rijden. Ze vond hem in een van de boxen, waar hij stond te poetsen. Hij liep mee naar buiten om haar de goede richting te vertellen.

„Je kunt dat pad nemen," wees hij. „Je blijft het volgen tot je een wegwijzer tegenkomt. Daarna neem je het tweede pad rechts, dan kom je weer terug bij de stallen."

„Bedankt, Huten." Amy zwaaide en reed het bos in.

Het duurde niet lang voor ze alleen nog maar bomen om zich heen zag. Mercury stapte pittig door, zijn oortjes naar voren en gretig om zich heen kijkend naar de nieuwe omgeving. Op de plaatsen waar het pad breder was, liet Amy hem in draf gaan. Hij liep opgewekt en ontspannen.

Blijkbaar heeft in ieder geval een van ons het naar zijn zin, dacht Amy, maar ze wist dat Mercury hier niet alleen was voor een vakantie. Ze wou dat ze enig idee had van de plannen die Huten met hem had. Ze had het nog niet eens over Mercury's springprobleem gehad. En, realiseerde ze zich bedrukt, ook al had Mercury het naar zijn zin, ze was zelf niet erg gelukkig. Ze wist niet goed wat ze moest doen en miste iedereen op Heartland vreselijk. Was Ty er maar, dan kon ze alles met hem overleggen.

Toen Amy ten slotte opschrok uit haar gepieker, zag ze dat de schaduwen al langer werden en de zon tussen de bomen begon te zakken. Voor zich zag ze een splitsing in het pad. „Neem het tweede pad rechts," had Huten gezegd. Ze keek om zich heen. Ze zag nergens een wegwijzer, maar kon zich niet voorstellen dat het pad nog veel verder door zou lopen. Huten wist dat ze niet zoveel tijd meer zou hebben tot de zon onderging, dus hij zou haar vast niet een hele lange route hebben gewezen. Was ze al langs de wegwijzer gereden en had ze hem gemist?

Amy keek langs het pad rechts en een eind verder zag ze weer een splitsing. Dat zou dan wel het tweede pad zijn. Ze twijfelde. Het werd steeds donkerder en Huten had gezegd dat het tweede pad rechts een route terug was. Ze kon natuurlijk ook omdraaien en dezelfde weg teruggaan, maar ze was al zeker een uur onderweg. Als ze dat deed, zou het dus stikdonker zijn voor ze terug was.

Gespannen vroeg Amy zich af wat ze moest doen. Ze kon zich niet herinneren dat ze andere zijpaden had gezien. Dit moest wel de afslag zijn waar Huten het over had. Ze nam een besluit en stuurde Mercury het rechter pad op, en daarna weer het rechter pad bij de volgende splitsing. Volgens haar berekeningen zou ze zo een rondje rijden, terug naar de stallen. Ze dreef Mercury aan en liet hem in draf gaan.

Maar na ongeveer twintig minuten leek het wel alsof het pad terugdraaide in de richting waar ze vandaan kwam. Amy hield Mercury in. Dit kon toch niet kloppen? De zon was al onder gegaan en het begon te schemeren. Nog een minuut of twintig en het zou donker zijn.

Amy slikte en liet Mercury weer voorwaarts gaan. Ze werd nou toch wel een beetje bang. Het pad kronkelde door de bomen, nog steeds bergop. Amy was ook bergop gekomen, dus ze wist dat ze nu eigenlijk bergaf zou moeten gaan. „Hier klopt iets niet," zei ze tegen zichzelf. „Maar ik kan toch niet verdwaald zijn, dat kan gewoon niet. Ik ben vast vlak bij de stallen."

Maar het werd steeds donkerder, en Amy besefte dat het niet uitmaakte hoe vaak ze dat tegen zichzelf zei. Ze was verdwaald. Hopeloos verdwaald.

Hoofdstuk 8

„Is daar iemand?" riep Amy door het donker. Er kwam geen antwoord.

„Hallooo!" gilde ze en ze hoorde de angst in haar eigen stem. Het duister lag als een dikke deken om haar heen en het bos was vreemd stil. Ze liet Mercury halt houden. Ze had steken in haar maag van de spanning. Wat moest ze doen? Als ze de verkeerde kant op ging, zou het stom zijn om door te blijven rijden. Maar als ze dezelfde weg terug zou nemen, zou ze in ieder geval nog anderhalf uur bezig zijn, misschien nog wel langer, en misschien zou ze in het donker nog verkeerd rijden ook. Mercury brieste en draaide met zijn oren. Amy staarde in het donker en dacht koortsachtig na.

Ze was één keer eerder verdwaald geweest, in het bos thuis. Star, het paard waar ze toen op reed, had zelf de weg naar huis gevonden. Zou Mercury de weg kunnen vinden? Hij kende dit gebied helemaal niet, en ze zaten niet op hetzelfde pad als aan het begin van de rit. Maar

95

paarden waren veel beter in dit soort dingen dan mensen.

Ze had geen andere keus. Ze liet haar teugels vallen en dreef hem licht aan. Mercury aarzelde niet. Hij begon doelbewust te lopen en volgde hetzelfde pad waar ze al veertig minuten op waren. Amy voelde zich hulpeloos, maar Mercury had zijn oortjes naar voren. Hij wist waar hij naartoe ging, dat was wel duidelijk.

Mercury ging sneller lopen en opeens kreeg Amy een idee. Had Huten al die tijd met haar gewerkt, terwijl ze het niet door had? En was deze rit door het bos daar een onderdeel van? Het leek alsof hij haar wilde leren dat ze dingen op hun beloop moest laten en dat alles dan vanzelf duidelijk werd. Was dat wat hij over Mercury wilde zeggen? Ze wist het niet zeker, maar misschien had ze al die tijd wel verkeerd tegen de dingen aangekeken.

Ze schrok op en voelde dat het kouder werd. Wat Huten haar ook probeerde te leren, ze wist nog steeds niet waar ze was, besefte ze wanhopig. Het leek wel of het bos steeds dichter en donkerder werd. Haar enige troost was dat het pad nu naar beneden leek te gaan en dat Mercury zijn oortjes nog steeds naar voren had. Amy deed even haar ogen dicht en vocht tegen de paniek in haar hoofd.

Opeens dacht ze dat ze wat hoorde. Ze liet Mercury halt houden, haar hart bonkend in haar keel. Maar ze hoorde niks. Stilte. Ze dreef Mercury weer voorwaarts. Hij liep gewillig verder, zijn stappen licht en vrolijk. Ze kwamen bij een bocht en Amy dacht dat ze iets zag. Ze tuurde door het donker, maar het was alweer verdwenen. Zou het echt? Nog een bocht, en deze keer wist ze het zeker. Er schenen lichtjes door de bomen, het licht van de stallen met daarachter de ramen van het huis. Ze slaakte een zucht van verlichting. „Goed zo, Mercury," fluisterde ze.

Tot haar verbazing stond er niemand ongerust op haar te wachten op het erf. Ze steeg af en bracht Mercury naar zijn stal. Toen ze het zadel van zijn rug tilde, voelde ze opeens dat ze op haar benen stond te trillen. Ze legde het zadel op de staldeur en sloeg haar armen om Mercury's hals, haar gezicht in zijn manen gedrukt. Ik was echt onwijs bang, dacht ze. En als dit Heartland was, zou iedereen me al lang zijn gaan zoeken. Ze snikte, net op het moment dat ze een geluid hoorde bij de staldeur. Ze draaide zich om. Huten stond haar vriendelijk aan te kijken.

„Je bent er weer," knikte hij.

Amy was met stomheid geslagen. Ze deed boos haar mond open, maar er kwam geen geluid uit. Huten zei verder niks, maar bleef haar aankijken met die raadselachtige glimlach van hem. Daarna liep hij weg.

Amy begon te koken. Waarom kon het hem allemaal niks schelen? Was ze helemaal hierheen gekomen om zich te laten negeren? Misschien had Ty wel gelijk, het leek geen zin te hebben. Misschien had Marion het helemaal bij het verkeerde eind gehad over Huten en zijn familie. Amy had de laatste maanden geleerd dat haar moeder dan wel fantastisch was geweest, maar ook dat ze niet perfect was. Misschien moest Amy nu een prijs betalen omdat ze altijd zo overtuigd was geweest van de instincten van haar moeder. Amy had zelf willen ontdekken wat haar moeder van Huten had geleerd, maar misschien mocht dat niet zo zijn.

Ze stampte boos naar de zadelkamer om Mercury's tuig op te bergen en liep daarna het huis in. De familie had nog niet gegeten. Het leek zelfs wel alsof ze op haar hadden gewacht. Maar niemand vroeg iets over haar rit of zei iets over dat het laat en donker was. Toen Amy de keuken in kwam, lachte Barbara naar haar alsof er niets ongewoons was gebeurd. Huten zat zoals altijd stil en nadenkend aan tafel. Zelfs Bill zei niet zoveel. Alleen Carry trok haar wenkbrauw op, maar zei verder ook niets.

Amy ging zitten en Barbara zette de dampende ovenschotel op tafel. Amy had eigenlijk helemaal geen trek. Ze voelde zich eenzaam en alleen. Ze was zelfs nog steeds bang, moest ze toegeven, zelfs al was ze weer veilig terug.

Na het eten ging ze naar haar kamer en pakte haar mobieltje. Ze toetste Ty's nummer in. De telefoon leek wel een eeuwigheid over te gaan, en Amy hoopte vurig dat hij op zou nemen. Er was nu niemand in de wereld die ze zo graag zou spreken als hem. Tot haar opluchting nam hij toch op. „Ty, met mij… Amy," zei ze een beetje zenuwachtig.

„Amy!" riep Ty uit. „Wat leuk dat je belt."

„Wat leuk je te horen," zei Amy.

„En? Hoe gaat het daar? Gaat Mercury al vooruit?"

Amy's wangen begonnen te gloeien. En opeens gooide ze alles eruit. „Ty, ik heb geen idee wat hier allemaal aan de hand is. Misschien had je wel gelijk en had ik niet moeten gaan. Ik begrijp er niks van, we hebben zelfs nog niet echt iets gedaan met Mercury. Huten zegt bijna niks.

Volgens mij probeert hij me anders tegen de dingen aan te leren kijken. Maar vanmiddag heeft hij me op een buiten-rit gestuurd door het bos en ik ben onwijs verdwaald. Ik moest Mercury de weg terug laten vinden en het was stik-donker. Ik was zo bang, Ty. Maar de familie leek het hele-maal niet erg te vinden. Het leek wel alsof ze al wisten dat het zou gebeuren... en... en... Ty, ik mis je zo." Amy was even stil. „Het spijt me heel erg," zei ze snikkend. „Sorry dat alles zo moeilijk was voor ik wegging, en heel erg sor-ry dat ik zo koppig was over Mercury."

Het was even stil aan de andere kant. Amy wachtte ge-spannen af, ze had geen idee hoe hij zou reageren.

Maar toen Ty weer sprak, klonk hij heel warm en liefde-vol. „Amy, het is echt niet allemaal jouw schuld. Je zit nu op een vreemde plek en het duurt even voor je daar ge-wend bent. Je hoeft geen sorry tegen me te zeggen. Je weet toch dat ik begrijp wat je doormaakt." Hij stopte even. „En weet je, ik denk helemaal niet dat je de verkeerde beslis-sing hebt genomen. Ik denk dat je gewoon moet afwach-ten wat er gebeurt. Je wist van tevoren dat Mercury niet opeens beter zou worden. Misschien wordt het aan het eind van de week wel duidelijk. Ik kan echt niet geloven dat jij en Marion je zo in Huten vergist zouden hebben."

Amy zuchtte opgelucht. „Bedankt, Ty. Ik hoop dat je ge-lijk hebt. Ik hou je wel op de hoogte van wat er gebeurt."

„Klinkt goed. Doe je voorzichtig?"

„Tuurlijk." Amy drukte haar mobieltje uit, blij dat zij en Ty weer gewoon met elkaar konden praten. Toch had het niks veranderd aan het feit dat ze geen idee had waar het heen ging met Mercury.

Ze kon niet meer stilzitten en dus trok ze haar jas aan en ging naar buiten. Na het geruststellende gesprek met Ty vond ze het zelfs helemaal niet eng meer dat het donker was.

Ze liep langs de stallen en begroette de paarden, die nieuwsgierig naar buiten keken. Bij de box van Maverick bleef ze staan. De pony stond achter in zijn stal en keek haar achterdochtig aan.

„Hallo, jochie," zei ze zachtjes. Ze voelde opeens de drang om naar binnen te gaan en met hem te praten, maar net toen ze de grendel wilde openmaken, hoorde ze voetstappen. Ze keek om.

Carry kwam op haar af gelopen.

Amy zuchtte gefrustreerd. Telkens als ze dacht dat ze alleen was, kwam er weer onverwacht iemand opdagen. Ze wist niet hoe ze over de familie van Huten moest denken en ze wist ook niet zeker of ze ze wel kon vertrouwen.

Carry kwam bij Amy staan. „Ik hoorde je naar buiten gaan."

Amy keek het meisje een beetje gespannen aan. „Ik ging even een frisse neus halen," zei ze. „Ik moest alles even op een rijtje zetten."

„Gaat het wel goed met je?" vroeg Carry recht op de man af. „Zo ziet het er namelijk niet uit."

Amy aarzelde even. Carry had nooit echt vriendelijk tegen haar gedaan. „Ik was echt onwijs bang in het bos," gaf ze toe.

Carry haalde haar schouders op. „Opa kan dingen soms

op een nogal grappige manier doen."

„Wat bedoel je?" Amy voelde zich weer boos worden. „Ik vond het helemaal niet grappig. Ik was verdwaald en ik had het idee dat niemand dat iets kon schelen."

Carry moest lachen. „Je kunt in dat stuk van het bos helemaal niet verdwalen. In ieder geval niet lang. Alle paden leiden uiteindelijk terug naar de stallen, omdat je altijd aan deze kant van de berg blijft. Maar ze kronkelen inderdaad eerst een beetje heen en weer. Als je verdwaalt, kom je altijd weer thuis. Je moet alleen even geluk hebben dat je een korte route kiest."

„Maar Huten zei hoe ik moest rijden," protesteerde Amy.

„Laat me raden, het tweede pad rechts?"

„Ja." Amy raakte steeds meer in de war. „Maar dat heb ik geloof ik gemist. Hij zei dat er een wegwijzer stond, maar ik heb niks gezien."

„Die zie je ook makkelijk over het hoofd," zei Carry. „Maar opa wist wel dat je veilig thuis zou komen."

„Hoe weet je dat zo zeker?" vroeg Amy kwaad.

Carry keek haar kalm aan. „Weet je, ik zag gisteren in de wei dat je best overstuur was. Je hebt het moeilijk hier, hè?" vroeg ze zacht.

„Wát zou ik hier eigenlijk moeilijk moeten vinden?" riep Amy uit. „Ik heb echt goed uit m'n ogen gekeken, maar volgens mij gebeurt er hier helemaal geen moer. We hebben nog helemaal niks met Mercury gedaan. Ik had alles heel anders verwacht."

„Dingen gaan nou eenmaal vaak anders dan je denkt," merkte Carry op.

Amy haalde haar schouders op, haar kwaadheid zakte weg. Ze keek weer Mavericks stal in. Hij stond nog steeds gespannen in een hoekje.

„Waarom ga je niet naar binnen?" vroeg Carry opeens. „Ik zag dat je dat van plan was toen ik naar buiten kwam."

Amy twijfelde. Ze keek weer naar de bibberende pony. „Ik zou zo graag proberen om contact met hem te maken. Kijken of ik hem kan helpen zich te ontspannen."

Ze maakte stilletjes de grendel open en glipte naar binnen. Carry kwam achter haar aan. Maverick snoof en draaide onrustig heen en weer achter in zijn box. Amy strekte langzaam haar hand uit.

„Kom maar, jochie," fluisterde ze. „Wees maar niet bang."

Voorzichtig stak Maverick zijn neus uit en snuffelde aan haar hand.

„Hij vindt het steeds minder erg als er mensen in zijn stal komen," zei Carry. „Toen hij hier net was, konden we niet eens bij hem in de buurt komen."

Amy keek even verbaasd opzij. Hoe bedoelde ze, we? Ze had tegen Amy gezegd dat ze niet met paarden wilde werken. Maar toen Carry een stap naar voren deed en langzaam op Maverick afkwam, was het duidelijk dat hij haar herkende. Het kon ook zo zijn dat paarden heel natuurlijk op haar rustgevende uitstraling reageren. Maverick werd in ieder geval een stuk rustiger en Carry legde haar hand zachtjes tegen zijn hals. Ze aaide hem een poosje en begon vervolgens met haar vingers rondjes over zijn hals te maken.

Amy keek met open mond toe. „Je gebruikt T-touch."

Carry keek haar niet-begrijpend aan. „Ik gebruik wat?"

Amy wees naar Carry's hand. „T-touch. Wat je nu op zijn hals doet, die massagetechniek."

Carry haalde haar schouders op. „O, ik wist niet dat het een naam had," zei ze. „Ik doe dit gewoon altijd om paarden te kalmeren."

Ze heeft het helemaal uit zichzelf bedacht, of zou ze het van Huten afgekeken hebben? peinsde Amy. Ze was onder de indruk. Maverick begon zich door de kalmerende invloed van Carry's vingers te ontspannen.

„Ik snap er niks van," zei Amy opeens tegen Carry. „Je zei dat je heel graag hier weg wilde, niks meer met je verleden te maken wilde hebben. Maar hoe kun je dat nou zeggen als je zo met het leven hier verweven bent?"

Carry keek haar verrast aan. „Verweven?"

„Ja," zei Amy. „Kijk eens naar jezelf. Je bent een natuurtalent met paarden. Doe maar niet alsof dat niet zo is. En volgens mij begrijp je ook precies wat je opa doet, wat je ook zegt."

Carry's handen waren nu bij Mavericks oren en ze maakte piepkleine rondjes rond zijn voorlok. Maverick snoof waarderend. Maar toen Carry opkeek naar Amy, had ze een frons op haar voorhoofd. „Dat betekent nog niet dat het leven hier iets voor mij is. Ik ben niet echt blij dat ik de paardenboel van de familie mag overnemen, oké? Wat weet jij er trouwens van? Ik wil dit nu gewoon niet."

Amy leunde tegen de stalmuur en keek Carry koel aan.

„Je kunt niet altijd je zin krijgen." Carry's instelling stond haar een beetje tegen. „Je hebt onwijze mazzel met Huten. Ik zou er alles voor over hebben om mijn moeder terug te krijgen, om weer met haar te kunnen werken. Dat zal niet gebeuren. Maar ik ben blij dat ik zoveel mogelijk van haar heb geleerd. En dat ging echt niet alleen over 'die paarden-boel van de familie'."

„Oké, ik snap wat je bedoelt," zei Carry. „Maar door wat er met je moeder is gebeurd en zo, is het voor jou heel anders. Ik weet dat heel veel mensen in het verleden blijven hangen, maar ik kijk veel liever vooruit, om mijn eigen weg te vinden."

„Misschien hoef je helemaal niet te kiezen," zei Amy. „Misschien kun je vooruit terwijl je toch het verleden niet loslaat."

Maverick, die nu helemaal ontspannen was, duwde zijn snuit tegen Carry's schouder. Carry deed een stap achteruit en sloeg haar armen over elkaar. Ze knikte langzaam. „Nou," zei ze, „wie weet heb je wel gelijk. Je hebt een hele aparte kijk op dingen. Ik weet zeker dat je snel zult ontdekken wat opa je probeert te laten zien."

Amy werd nieuwsgierig. „Hé, wacht eens even. Weet jij wat hij aan het doen is?"

Carry keek haar vreemd aan. „Ja. En daar kom jij ook wel achter."

Hoofdstuk 9

Er knapte een takje onder Amy's schoen. Het geluid galm-
de door de stilte van het bos. Huten liep voor haar uit zonder geluid te maken. Amy voelde zich net een olifant, haar
voetstappen waren zwaar en luidruchtig vergeleken met
de zijne.

Het was de ochtend na Amy's angstige rit en Huten had
haar meegenomen voor een wandeling door het bos. Ze
liepen zwijgend verder in de morgenzon, die glinsterde in
de dauwdruppels op de spinnenwebben en op de jonge
groene blaadjes.

Amy voelde zich nu meer op haar gemak. Door haar gesprek met Ty had ze het gevoel dat de dingen hier misschien nog wel goed konden komen. En op de een of
andere vreemde manier had haar gesprek met Carry ook
geholpen. Ze moest gewoon geduld hebben.

Na een tijdje hoorde ze het geluid van water in de verte.
Het werd steeds harder en opeens zag ze het, een snelstro-
mend beekje dat over en om rotsblokken heen spetterde.

Huten liep een tijdje langs de beek omhoog tot ze bij een platte steen kwamen die over de beek heen hing. Hij hurkte neer en Amy ging naast hem zitten. Ze keken samen naar het langsstromende water.

Na een tijdje draaide Huten zich naar haar toe.

„De beek weet niet waar hij vandaan komt," zei hij. „En ook niet waar hij heen gaat."

Amy luisterde en knikte.

„We denken graag dat we weten waar ons pad heen leidt," ging Huten verder. „En waar we vandaan komen. Maar de natuur werkt zo niet. De natuur doet wat ze doet om haar eigen redenen."

In de beek zag Amy een zilveren flits van een forel die een vliegje van de oppervlakte hapte.

Huten glimlachte. „Misschien besluit de beek op een dag wel om zich om te draaien en omhoog te stromen."

Amy glimlachte ook. Toen stond Huten plotseling op en liep terug het bos in. Amy had het helemaal niet verwacht en krabbelde omhoog. Maar tegen de tijd dat ze op haar voeten stond, was hij al verdwenen, opgeslokt door de donkere bomen.

Ze ging weer op de steen zitten. Ze begon al aan de eigenaardige gewoontes van Huten te wennen. Hij zou wel willen dat ze net zo lang bleef zitten als ze wilde, en dan haar eigen weg terug zou zoeken. Ze dacht terug aan wat Carry had gezegd, dat ze er zelf wel achter zou komen. Carry wist blijkbaar dat deze week meer inhield dan Amy zich had gerealiseerd. Huten ontweek het probleem van Mercury helemaal niet.

Amy dacht terug aan de dag dat ze naar het dorp waren gegaan. Ze herinnerde zich de handen van de mandenmaker, hoe hij zich diep concentreerde. Niet op hoe de mand moest worden, realiseerde ze zich opeens, maar op elke afzonderlijke rietstengel. De puzzelstukjes begonnen op hun plaats te vallen in haar hoofd. Ze dacht aan hoe ze Mercury had gezien. Omdat hij zo'n sporttalent was, zo'n uitslover, had ze alleen nog maar aan het eindresultaat gedacht. Het was zo makkelijk om Mercury voor je te zien als hij door een wedstrijdparcours vloog, voortgejaagd door de opwinding en de te behalen eer. Ze staarde in het water van de beek. „De beek weet niet waar hij vandaan komt," hoorde ze Huten weer zeggen. „En ook niet waar hij heen gaat."

Zij en Ben hadden het probleem van Mercury zo logisch aangepakt. Ze konden zien dat hij een geboren wedstrijdpaard was. Maar Mercury wist natuurlijk niet wat ze met hem wilden bereiken. Het enige dat hij wist, was dat hij niet meer over hindernissen wilde springen. Het was geen prettige uitdaging meer voor hem.

Amy stond op en begon terug te lopen door het bos. Na wat Carry haar had gezegd, was ze niet bang meer om te verdwalen. Ze liet zich leiden door haar instinct. Hier en daar zag ze aanwijzingen die zij en Huten op de heenweg hadden achtergelaten, zoals een gebroken takje of de vage afdruk van een voet op de zachte grond onder de bomen, en ze wist dat ze de goeie kant op ging.

Ze herinnerde zich hoe zeker Mercury van zichzelf was geweest toen ze hem het zelf had laten uitzoeken in het donker. Het tweede pad, dacht ze bij zichzelf. Dat was dus het pad dat Mercury en zij zelf hadden gevonden. Het tweede pad vond je door op je instinct te vertrouwen.

„Dat is het!" concludeerde Amy hardop en haar hart begon te bozen. „Mercury moet het springen opnieuw ontdekken zoals hij het zelf wil, niet zoals wij het willen."

Ze was sneller bij de stallen terug dan ze had verwacht en ging op zoek naar Huten. Ze kon haast niet wachten om hem te vertellen wat ze had uitgevogeld.

Ze vond hem in de trainingsring met Maverick. Omdat ze Huten niet wilde storen bij zijn werk, bleef Amy bij het hek staan. Ze kon wel zien dat Huten, net als Carry, het vertrouwen van het dier had gewonnen. Hij was bezig met de eerste stappen om hem in te rijden. Maar net als bij Albatros gebruikte hij daarbij niets om het paard in bedwang te houden, zoals een zadel of hoofdstel. In de bak stonden hij en Maverick, verder niks.

Amy keek geboeid toe hoe de oude man zijn hand op de rug van het paard legde en voorzichtig een beetje duwde. Maverick keek vragend om, maar bleef gewoon staan. Huten legde nu zijn hele arm op het paard en duwde wat harder. Hij zag Amy bij het hek staan en stak zijn andere hand naar haar op. Daarna richtte hij zich weer helemaal op Maverick en kwam pas naar Amy toe nadat de sessie was afgelopen. Huten kon nu zijn hele gewicht op de rug van de mustang leggen zonder dat Maverick wegliep.

„Hoe is het er nu mee?" vroeg Huten terwijl hij het hek openmaakte.

„Goed!" Amy kon zich niet meer inhouden. „Volgens mij heb ik door wat u me duidelijk probeerde te maken. Met de mandenmaker en de beek en alles. Zelfs door me te laten verdwalen in het bos. Het was allemaal een deel van dezelfde les. Ik denk dat ik nu weet wat ik met Mercury moet doen…" Haar stem stierf weg toen ze Hutens uitgestreken gezicht zag. Hij trok nog niet eens een wenkbrauw op.

Ze grijnsde naar hem. „Ik begrijp het," zei ze eenvoudig.

„Kom op, jongen," zei ze later die dag tegen Mercury. „We gaan het vandaag eens heel anders doen."

Ze zadelde hem op en reed met hem naar de trainingsring, waar ze aan één kant al wat kleine hindernissen had neergezet. Mercury keek er met grote ogen naar, alsof het enge monsters waren. Amy negeerde zijn reactie en liet hem aan de andere kant van de bak zijn spieren losmaken. Daarna stuurde ze hem tussen de hindernissen door. Hij werd meteen angstig en gespannen. Maar Amy liet hem gewoon halt houden naast een klein stijlsprongetje en legde de teugels op zijn hals. Ze gaf hem verder helemaal geen hulpen en bleef stil in het zadel zitten.

Mercury bleef eerst een tijdje staan, alsof hij wachtte op wat Amy hem zou laten doen. Daarna keek hij nieuwsgierig om zich heen.

„Toe maar, jongen," zei Amy zachtjes. „Je mag het helemaal zelf beslissen."

Mercury leek niet te weten wat hij moest. Hij strekte zijn snuit uit naar de grond en snoof. Daarna deed hij paar stapjes naar voren. Hij wilde aan de hindernis ruiken, maar zodra zijn neus tegen het hout kwam, rilde hij en vloog naar achter. Amy aaide hem over zijn hals. „Doe maar rustig."

Mercury snuffelde nog eens nieuwsgierig aan de stijlsprong en deze keer sprong hij niet achteruit. Hij neusde een paar minuten aan het hout, waarna het hem ging vervelen. Hij draaide zich naar de andere kant van de bak en slenterde langzaam bij de hindernissen weg.

Amy klopte hem op zijn hals en prees hem, waarna ze de teugels weer op maat maakte en nog wat dressuuroefeningen met hem deed. Daarna bracht ze hem terug naar stal. Ze wist niet zeker of het ruiken aan de hindernissen de eerste stap was op weg naar aanvaarding. Maar iets zei Amy dat ze op de goede weg was.

De volgende ochtend ging Amy weer kijken toen Huten met Maverick aan de slag was. Elke dag vertrouwde de mustang Huten een beetje meer. Hij was steeds iets meer ontspannen, waaraan je kon zien dat hij wist dat Huten hem geen pijn zou doen. Het deed Amy een beetje denken aan een join-up, de techniek die ze op Heartland vaak gebruikten om een band te krijgen met een paard en zijn vertrouwen te winnen. Tijdens een join-up kregen paarden het gevoel dat ze bij je wilden zijn, en namen ze die beslissing uit eigen vrije wil. Dit leek daar wel op, want nu begon Maverick het fijn te vinden om bij Huten in de buurt te zijn. Hij vond het zelfs niet erg dat Huten op zijn rug leunde, als hij maar dicht bij hem kon blijven.

110

Terwijl Amy zat te kijken, dacht ze na over haar volgende stap met Mercury. Ze moest zich concentreren op wat Mercury wél wilde doen, niet op wat hij niet wilde. Een join-up zou een goed punt zijn om te beginnen.

Toen de trainingsring vrij was, ging Amy de ruin halen. Ze maakte de longeerlijn los van zijn halster en joeg hem weg, de ring rond. Zoals gewoonlijk schrok hij van de hindernissen, die nog steeds aan een kant van de bak stonden. Hij ging uit zichzelf rondjes lopen in de helft van de bak waar geen hindernissen stonden. Toen hij zover mogelijk van de hindernissen vandaan was, ging hij in stap over en keek hij Amy vragend aan. Ze was met haar borst recht naar hem toe gaan staan en trok een streng gezicht. Ze dreef hem weer voorwaarts in draf. Zo liet ze hem zien dat hij echt niet zo makkelijk onder het werk uit kwam.

Mercury schudde zijn hoofd en sprong weer in galop aan. Hij bleef steeds zorgvuldig uit de buurt van de hindernissen. Hij sukkelde weer in draf, maar Amy dreef hem weer aan, ze liet hem geen moment op adem komen. Toen ze hem een paar keer in een snelle draf de bak rond had gejaagd, begon Amy de signalen te zien waar ze op wachtte. Eerst draaide Mercury zijn binnenste oor naar haar toe. Daarna duurde het niet lang voor hij zijn hoofd lager hield en kauwbewegingen ging maken met zijn lippen. Dit was Mercury's teken dat hij niet meer in z'n eentje aan de buitenkant van de bak wilde lopen. Hij wilde liever bij Amy zijn, in het midden.

Amy vond het altijd te gek als een paard dat punt bereikte. Hoe vaak ze het ook al had zien gebeuren, het was altijd weer een wonder. Ze veranderde haar agressieve houding door haar schouders te laten hangen en haar rug naar het paard te draaien. Ze hoorde hem langzamer gaan en uiteindelijk stoppen. Het leek of hij even twijfelde. Maar toen hoorde ze het geluid van zijn hoeven in het zand, steeds dichterbij. Hij snuffelde aan haar schouder en blies zijn warme adem in haar hals.

Amy draaide zich langzaam om en aaide hem over zijn neus. „Goed zo, jongen," mompelde ze opgetogen.

Ze nam haar agressieve houding weer aan joeg Mercury weg. Hij sprong verward achteruit en draafde angstig weg. Amy wist uit ervaring dat als een paard zo reageerde, hij snel naar het midden zou willen komen omdat hij de aandacht weer wilde.

Dus toen Mercury zijn hoofd weer liet zakken en ging kauwen, draaide ze haar rug naar hem toe en wachtte tot hij naar haar toe kwam. Deze keer gebeurde dat bijna meteen. Amy liep de bak rond en Mercury liep achter haar aan. Waar ze ook heen liep, Mercury bleef vlak bij haar, zijn neus tegen haar schouder.

Amy ging wat dichter naar de hindernissen toe. Ze vroeg zich af hoe hij zou reageren. Gisteren had hij besloten dat de hindernissen niet eng waren, zolang niemand vroeg of hij er overheen wilde springen. Nu zat Amy niet eens op zijn rug, maar hij was zich er duidelijk nog steeds heel erg van bewust dat de balken er waren. Hij bleef wel vlak bij Amy lopen, maar hield zijn ogen wantrouwig op de hindernissen gericht. Amy vroeg zich af hoe diep zijn vertrouwen in haar was, hoe belangrijk het voor hem was om dicht bij haar te zijn.

Spontaan begon ze te rennen en sprong pardoes over een hindernis. Mercury had dat helemaal niet verwacht en bleef verbaasd staan kijken. Amy staarde terug. De snelste weg voor het paard naar Amy toe was over de hindernis. Vertrouwde hij haar genoeg om haar voorbeeld te volgen? Ze hield haar adem in. Hij kon makkelijk om de hindernis heen lopen, als hij dat wilde. Of zou hij helemaal niet komen?

Mercury twijfelde maar een seconde. Met zijn oortjes naar voren gespitst ging hij in draf over. Een zwiep met z'n staart en hij was over de balk gehuppeld en stond weer bij Amy.

Amy kon wel dansen van geluk, maar ze wist dat ze Mercury's vertrouwen moest versterken door rustig te blijven. Dus gooide ze haar armen om zijn hals en knuffelde hem.

„Het is je gelukt, Mercury," zei ze opgetogen. „Het is je gelukt."

Hoofdstuk 10

Amy keek op en zag toen pas de twee figuren die aan de rand van de bak naar haar stonden te kijken. Het waren Huten en Carry.

„Hoi!" riep Amy. Ze kon wel zien dat Carry onder de indruk was. Amy grijnsde en nam Mercury mee naar het hek. Huten zei niks, maar zijn blik was warm, vol begrip. Dat was alles wat Amy nodig had. Ze lachte naar hem.

„Hij koos er zelf voor om te springen," zei ze blij. „Hij wou het zelf!"

„Ongelooflijk," zei Carry. „Het was net alsof hij de hindernis helemaal niet zag, alsof hij alleen maar dacht aan hoe hij zo snel mogelijk weer bij jou zou kunnen zijn."

Amy knuffelde Mercury nog een keer. Hij brieste en boog zijn hals, genietend van alle aandacht. „Kom jij maar mee. Je hebt wel genoeg gedaan voor vandaag. Volgens mij heb je best zin om een paar uur in de wei te spelen."

Maar voordat ze met Mercury weg liep, keek ze haar mentor aan. „Huten," zei ze zacht, „u hebt me een andere manier geleerd om naar de dingen te kijken. Bedankt."

„Dat pad heb je zelf gevonden," reageerde Huten. Hij glimlachte. „Een leraar moet leren om onzichtbaar te zijn. En hij moet die kracht in al zijn vormen leren begrijpen."

Amy luisterde goed, maar begreep er niet zoveel van. Ze vroeg zich af of Carry wel wist waar hij het over had. Tot haar verbazing zag ze dat het meisje tranen in haar ogen had. Maar toen ze Amy zag kijken, veegde ze die snel weg.

„Opa heeft gelijk," zei ze stilletjes. „Je hebt echt je eigen weg gevonden, Amy."

Amy leidde Mercury het pad af naar het weitje en piekerde over de geheimzinnige woorden van Huten. Ze begreep wat hij bedoelde, namelijk dat als hij haar gewoon rechtstreeks had verteld wat ze moest doen, ze nooit zoveel geleerd zou hebben als ze nu had gedaan. Door schijnbaar niets te doen, had hij haar gedwongen net zo lang zelf te denken tot ze de oplossing had. En misschien had ze op dezelfde manier ook Mercury geholpen. Maar ze waren er nog niet. Mercury had pas één hindernis genomen. Hij zou het nog vaak moeten doen voor hij zijn angst echt zou overwinnen.

Ty's stem klonk warm en dichtbij toen Amy hem later die dag belde. „Lukt het daar een beetje?" vroeg hij.

„Best goed, eigenlijk. Mercury heeft vandaag voor het eerst gesprongen," vertelde Amy.

„O, wauw! Hoe heb je dat voor elkaar gekregen?"

Amy vertelde hoe ze de join-up had gebruikt en hoe Mercury bijna achteloos de hindernis had genomen.

„Ik ben zo trots op je," zei Ty toen ze uitverteld was. „En op Mercury, natuurlijk."

Amy werd helemaal warm van binnen. Ty was altijd zo aardig en hij gaf het altijd eerlijk toe als hij dacht dat hij een fout had gemaakt.

„Ty, ik had geen gelijk," bekende ze. „Jij had gelijk. Jij vond dat Ben en ik ons te veel richtten op het springen."

„Ja, maar jij wist zeker dat we zijn springprobleem konden oplossen. Je wist precies hoe Mercury in elkaar zat."

Amy moest wel lachen om zijn woorden. „Maar ik dacht dat het me helemaal niet zou lukken. En jij zei dat ik geduld moest hebben en af moest wachtten."

„Oké," lachte Ty. „We hadden allebei gelijk. Mee eens?"

„Deal!" lachte Amy. Ze was even stil. „Ik mis je, Ty. En door iets wat Huten zei, ben ik ook over ons gaan nadenken. Ik was steeds maar bezig te proberen erachter te komen waar het heen ging met ons. Ik wil altijd weten hoe iets gaat uitpakken. Maar nu met Mercury heb ik gezien dat je gewoon op jezelf moet vertrouwen en de dingen moet laten lopen zoals ze lopen." Amy stokte, verbaasd over zichzelf. „Ty," ging ze verder, „wat ik eigenlijk wil zeggen is dat het me zo spijt."

„Dat hoef je toch niet te zeggen," zei Ty zacht. „Het is misschien niet zo makkelijk als je verkering krijgt met een van je beste vrienden, maar laten we er niet te ingewikkeld over doen. Laten we gewoon maar zien hoe alles loopt."

Amy wachtte op het zachte geplof van Mercury's hoeven in het zand na zijn sprong. Het was twee dagen nadat hij voor het eerst had gesprongen. Amy had haar experiment elke dag herhaald, en ze had de hindernissen elke dag wat anders of hoger gemaakt. Hij sprong er steeds gemakkelijk overheen, om maar zo snel mogelijk weer bij Amy te zijn.

Telkens als Amy en Mercury een sessie deden, kwam Carry kijken. Ze leek het echt heel interessant te vinden en langzaam werd ze steeds vriendelijker. „Wanneer ga je er op zitten?" riep ze, toen Mercury blij aan Amy's schouder snuffelde. Amy nam hem mee naar de kant.

„Vandaag nog niet," zei Amy. „Maar ik wil het graag proberen voor ik wegga. Dus dan zal ik het morgen moeten doen, want dat is de laatste dag dat ik hier ben. Ty komt me zaterdagochtend halen."

„Je laatste dag," herhaalde Carry. Haar gezicht vertrok even van teleurstelling. „Dus je gaat vandaag niet meer met hem aan de slag?"

Amy keek even omhoog naar het oplettende, ontspannen gezicht van Mercury. „Nee, ik wil hem niet overhaasten. Hoezo?"

Carry aarzelde even. „Heb je dan zin om vanmiddag een buitenrit met me te maken?"

Amy was blij verrast. „Ja, leuk," zei ze.

„Te gek, ik wil je namelijk iets laten zien."

Na het middageten reden ze het erf af, Carry op Sandy en Amy op Mercury. Ze namen een pad in een richting waar Amy nog nooit was geweest, weg van het huis. Amy dacht even dat ze helemaal rondom de berg zouden rijden, maar toen herinnerde ze zich weer wat Carry had gezegd, dat

117

geen van de paden naar de andere kant van de berg liep. Ze reden een tijdje zwijgend door met de warme zon op hun rug. Het was de eerste keer dat Amy Carry op een paard had gezien, maar ze reed al net zo makkelijk als Huten. Sandy had dan wel een zadel op haar rug, toch zag het er net uit of paard en ruiter één waren.

„Ik snap echt niet waarom je niet vaker rijdt," zei Amy na een tijdje. „Je kunt het echt onwijs goed."

Carry lachte en keek Amy geheimzinnig aan. „Nou, misschien ga ik vanaf nu ook wel wat meer rijden."

„Echt waar? Maar je plannen dan?"

Carry haalde haar schouders op. „Die waren toch niet zo tof." Ze kwamen net bij een open stuk in het bos en Carry grijnsde. „Kom op!" Ze liet Sandy gaan. De merrie sprong enthousiast naar voren en Mercury denderde er achteraan. Het pad kronkelde omhoog. Bij een scherpe bocht hield Carry Sandy in en Amy hoorde het geluid van water.

Carry draaide zich om. „Dit is mijn plek. Niet echt van mij, natuurlijk, maar er komt hier nooit iemand."

Ze reden verder tussen twee rotswanden door. Voor hen verscheen een waterval, die zich naar beneden stortte van rotsblokken hoog boven hen in het bos. Amy keek omhoog en voelde de druppeltjes op haar haar en gezicht vallen. De waterval was maar een meter breed, maar door de lenteregens kwamen er stromen water naar beneden.

Ze draaide haar hoofd weer terug, en haar adem stokte. Carry en Sandy waren nergens te bekennen. Ze liet Mercury halt houden.

„Carry?" riep ze. Er kwam geen antwoord en Amy dreef

Mercury dichter naar de waterval. Het pad was hier heel ongelijk en het paard zette voorzichtig zijn hoeven neer. Amy stopte weer. Het pad leek voor hen op te houden.

„Hé!" riep een stem achter haar.

Amy schrok zich een ongeluk en draaide zich snel om. „Carry!" riep ze uit. „Hoe kan dat nou? Net reed je nog vlak voor me."

Carry grijnsde. Ze liet zich uit het zadel glijden. „Ik zal het je laten zien."

Amy steeg ook af en leidde Mercury achter Carry aan. Toen ze bij een flauwe bocht kwamen, leek het of Carry opeens werd opgeslokt door de rotsen aan één kant. Amy tuurde naar de plek. Nu zag ze dat de rots een diepe schaduw wierp onder een overhangend stuk steen en dat daaronder een hele grote opening was. Ze stapte voorzichtig naar binnen en liet haar ogen wennen aan het donker.

„Wauw!" zuchtte ze, toen ze eenmaal wat kon onderscheiden in het donker. „Wat is het hier fantastisch!" De grot had een gladde zandvloer en er groeide mos op de steile wanden. Carry maakte Sandy's teugels vast aan een beugel die in de rots was geslagen.

Ze wenkte Amy om Mercury naar binnen te brengen. Hij stapte zenuwachtig naar voren, bang voor het donker, maar Sandy brieste geruststellend naar hem. Amy bond hem ook aan de beugel vast en ging bij Carry staan, waar een lichtstraal naar beneden kwam.

Carry wees omhoog. Heel ver boven hun hoofden was een klein rondje daglicht, waar de grot uitkwam op de berghelling. „Het kijkgat," zei ze. „Daar kan het bos naar binnen kijken om te zien of het goed met me gaat."

Amy lachte zachtjes. „Komt hier echt nooit iemand?"

Carry keek haar koel aan en schudde haar hoofd. „Je hebt mazzel." Ze ging op de zanderige vloer zitten. „Ik neem niet zomaar iedereen mee hiernaartoe."

Amy ging naast haar zitten. „Bedankt, ik vind het hier echt heel bijzonder."

Carry bestudeerde haar gezicht in het halfdonker. „Dat dacht ik wel. Mijn voorouders gebruikten deze grot al eeuwenlang. Dat kun je niet zo goed zien, maar er zijn wel dingen die daarop wijzen." Ze wees weer omhoog.

Amy tuurde in het donker. Ze wist niet zo goed waar Carry eigenlijk op wees.

„De rots is hier en daar zwart," zei Carry.

Amy keek haar vragend aan.

„Kampvuren," zei Carry. „Deze plek komt voor in een paar van onze oude verhalen. De ouderen denken dat het een plaats vol wijsheid is, ze noemen het 'Een oog'."

Amy tuurde weer omhoog naar het lichtrondje en Carry vertelde verder. „Toen ik klein was, zat ik hier urenlang. Ik fantaseerde altijd dat het bos tegen me praatte door het oog. Het was onwijs veel werk om die beugel in de muur te krijgen. Ik nam altijd stiekem gereedschap van pap mee. Maar dat is het enige dat ik hier anders heb gemaakt. Het is geen plek waar je iets aan moet veranderen."

Amy begreep wat ze bedoelde. Er was iets tijdloos aan het gedempte geluid van de waterval buiten en de diepzwarte duisternis binnen.

„Wanneer ben je hier voor het laatst geweest?" vroeg ze.

Carry was een paar minuten stil. „Ik ben bijna een jaar niet geweest. Niet meer sinds ik had besloten dat ik van Ten Beeches weg wilde. Ik realiseerde me opeens hoe eenzaam ik was. Er is hier niemand van mijn leeftijd, en iedereen had het altijd alleen maar over het verleden. Toen heb ik besloten dat ik een ander leven wilde ergens anders, en dat ik deze manier van leven helemaal wilde vergeten."

Amy knikte langzaam. „En hoe voel je je nu?"

„Toen ik jou met Mercury bezig zag, merkte ik hoeveel je van het werk van mijn opa afweet," zei Carry. „Ik zag hoe moeilijk je het had, hoewel ik precies begreep wat opa je wilde leren. Maar het was geweldig om te zien hoe jouw band met Mercury steeds sterker werd. En door jou zag ik opeens ook wat een sterke band ik met Maverick heb. Dus nu denk ik dat ik moet afgaan op wat ik hier heb, en een manier vinden om dat tot een succes te maken."

Amy dacht terug aan hoe Lou haar baan had opgegeven om op Heartland te komen werken, en ze wist dat het geen gemakkelijke beslissing was geweest. Ze vermoedde dat het voor Carry ook niet eenvoudig zou zijn. „Hartstikke goed van je," zei ze. „Echt waar."

„Weet je, ik heb je hier mee naartoe genomen omdat ik je wilde bedanken," ging Carry verder. „Ik vond het eerst een beetje maf dat je helemaal hierheen kwam met een paard. Maar ik was echt onder de indruk van hoe je Mercury hebt aangepakt, Amy. Je bent een echte doordouwer."

Amy slikte even. „Ik geef toe dat ik het bijna had opgegeven. Maar door jou begreep ik wat Huten bedoelde."

„Echt waar?" vroeg Carry. „Ik wist eigenlijk niet eens

zeker of ik dat wel wilde."

„Maar je hebt het toch gedaan, en daar ben ik heel erg blij om."

Achter hen stampte Mercury met een achtervoet op de grond.

Amy lachte. „Volgens mij verveelt hij zich."

„Onze gesprekken over het leven vindt-ie denk ik niet boeiend," giechelde Carry. „Laten we maar verdergaan."

Ze stond op en Amy volgde. Ze maakten de paarden los en brachten ze naar buiten het zonlicht in, dat verblindend was na het donker van de grot.

Carry ging voorop het pad af. Amy keek naar haar zwarte haar, dat glansde in de zon, en glimlachte. Ze had het gevoel dat Carry niet zo makkelijk vrienden maakte. Maar dat als ze dat wel deed, het voor het leven was.

„Dus vandaag is de grote dag?" vroeg Carry de volgende ochtend aan het ontbijt.

„Dat ik met Mercury wat hindernissen ga springen, bedoel je?" zei Amy lachend. „Ja, ik denk het wel."

„Je krijgt er wel publiek bij," kondigde Bill aan. „Als je dat goed vindt, tenminste."

„Wie dan?" vroeg Amy verrast.

Bill lachte. „Nou, wij allemaal natuurlijk. We vinden dat je hard hebt gewerkt deze week, dus nu willen we het resultaat zien!"

Amy moest een beetje blozen van zoveel lof. Ze had niet gemerkt dat iedereen zo geïnteresseerd was. „Wacht even, er kan nog van alles gebeuren, hoor," zei ze. „Misschien bedenkt-ie zich wel en zet hij z'n hakken in het zand. Maar hij is wel gek op publiek, dus je weet het nooit."

Mercury leek te voelen dat het geen gewone dag was toen Amy hem uit zijn stal haalde en naar de trainingsring bracht. Hij danste op de plaats en kromde trots zijn hals.

„Ho ho, jongen," lachte Amy. „Dat uitsloven mag je zo doen." Maar eerst deed ze nog een join-up met hem en klom over een hindernis, de hoogste die ze tot dan toe had gebruikt. Mercury vloog eroverheen en volgde haar trouw door de bak. Ze draaide zich om en klopte hem stralend op zijn hals.

Bill kwam de bak in en bouwde nog twee hindernissen, met een makkelijke afstand ertussen.

Amy liep met Mercury naar het hek, waar ze zijn zadel overheen had gehangen. Ze legde het op zijn rug en singelde hem aan. Daarna steeg ze op. „Kom op, jongen. Je kunt het," mompelde ze en ze stuurde hem de bak weer in.

Amy reed niet meteen op de hindernissen af, maar liet Mercury eerst wat voltes en achtjes maken. Daarna ging ze in stap over en stuurde hem naar de eerste hindernis. „Wat denk je ervan, jochie?" vroeg ze. Ze liet hem aan de hindernis snuffelen. „Zullen we het proberen?"

Mercury was nu helemaal niet meer bang, dus liet Amy hem ook aan de tweede hindernis ruiken. Daarna draafde ze aan en maakte een grote volte voor ze in galop aansprong. Ze wendde Mercury naar de eerste hindernis. Haar hart begon te bonken en ze was al helemaal voorbereid op een weigering. Maar Mercury's oortjes gingen naar voren en hij trok opgewonden aan het bit. Een, twee stappen en ze vlogen erover. Amy hoorde applaus, en een grote grijns verscheen op haar gezicht.

„En nu de tweede," fluisterde ze tegen de ruin. Ze hield hem een beetje in en stuurde hem op de hindernis af. Mercury brieste en sprong naar voren. „Rustig," waarschuwde Amy. Opnieuw vlogen ze eroverheen, met nog een heel stuk extra hoogte.

„Mercury! Je bent fantastisch!" Amy klopte hem opgetogen op zijn hals.

Mercury danste op de plaats en boog zijn hals alsof hij wilde zeggen 'weet ik'. Amy lachte en keek in de richting van het hek, waar de hele familie Whitepath stond te kijken. Ze reed naar hen toe en gleed uit het zadel met een grijns van oor tot oor. En zelfs de anders zo ondoorgrondelijke Huten had een grote glimlach op zijn gezicht.

„Die wordt nog eens beroemd," zei hij en hij aaide Mercury over zijn neus. „Dit paard vindt het heerlijk om bewonderd te worden."

En dat vond Amy ook.

Een tak tikte zachtjes tegen de ruit. Amy en Huten dronken zaterdagochtend samen een laatste kop koffie. Amy zat te wachten tot Ty met de trailer kwam om Mercury en haar op te halen. Ze maakte van de gelegenheid gebruik om nog één keer met Huten te praten.

Hij vouwde zijn handen om zijn koffiekop en keek haar ernstig aan.

„Bedankt dat je bent gekomen," zei hij plechtig. „Daar was veel moed voor nodig."

Amy kreeg een kleur. „Eerlijk gezegd," gaf ze toe, „had ik meer het gevoel dat ik voor iets wegliep. Maar ik ben blij dat ik ben gekomen. Echt heel blij."

Huten knikte langzaam. „Volg je instinct maar, net als je moeder heeft leren doen."

„Is dat wat ze hier heeft geleerd?" vroeg Amy aarzelend.

Huten glimlachte. „Toen ze kwam, wilde ze duidelijke antwoorden over haar leven. Ja of nee. Goed of slecht. Of alles goed zou komen. Maar hier heeft ze geleerd dat ze rustig moest afwachten. Ik denk dat jij dat ook hebt geleerd, dat je niet te veel aan het resultaat moet denken, anders maak je het jezelf veel te moeilijk. Elke nieuwe dag brengt nieuwe lessen."

„Oké," zei Amy zachtjes. „Ik zal de dingen voortaan stap voor stap doen. En af en toe even stilstaan om te kijken of het ook anders kan."

Huten glimlachte. „Je hebt iets heel waardevols gedaan. Je bent je moeders belofte nagekomen. Ik begrijp wel waarom ze nooit is teruggekomen. Het leven legt ons soms beperkingen op. En het kan ook makkelijk zijn om de dood zo te zien. Maar door hier te komen, heb je de beperking opgeheven."

Amy probeerde te begrijpen wat de oude man bedoelde, want ze vond het maar ingewikkeld wat hij zei. Hij staarde in zijn kopje. „Een van mijn voorouders heeft ooit gezegd: 'Er is geen dood, alleen een verandering van werelden.' Onthou dat maar, misschien is het een troost."

Amy kreeg een brok in haar keel nu hij het over de dood van Marion had. Ze slikte. „Dat zal het zeker zijn."

Ze hoorde buiten het gerammel van een trailer op de oprijlaan en stond op. „Bedankt voor alles," zei ze tegen Huten. „We zien elkaar vast nog eens terug."

„Dat weet ik wel zeker." Hij glimlachte.

Amy racete naar buiten naar Ty, die net uit de auto stapte. Haar hart begon als een gek te bonzen toen ze zijn lange lijf en zijn bekende donkere haar zag, dat over zijn voorhoofd viel. „Ty," riep ze uit.

Hij grijnsde en strekte zijn armen uit.

Amy gooide zich er lachend in. Het kon haar niks schelen dat Bill en Barbara zagen hoe Ty vorrover boog om haar te zoenen. Ze was zo vreselijk blij om hem te zien.

„Ik heb je gemist," zei Amy. „Het lijkt wel of ik je een maand niet heb gezien, niet een week." Ze keek naar de lachende gezichten om haar heen. Carry had Mercury uit zijn stal gehaald, dus Ty liet Amy los en ging naar de achterkant van de trailer om de laadklep open te doen. Carry hield Mercury vast terwijl Amy snel zijn reisbandages omdeed.

„Ziezo," zei ze toen ze klaar was. Ze lachte naar Carry.

„Inpakken en wegwezen," lachte Carry terug. Maar Amy zag hoe treurig haar ogen stonden. Impulsief stapte ze naar voren om het meisje te omhelzen.

„Ik vond het fantastisch om je te leren kennen, Carry. Veel geluk met alles."

„Jij ook. Ik zal je missen, maar niet vergeten. Ik hoop dat je snel een keer terugkomt."

„Heb je zin om een keer naar Heartland te komen?" stelde Amy voor.

Carry's gezicht klaarde helemaal op. „Dat zou ik hart-stikke leuk vinden."

Amy schudde Barbara en Bill de hand en liep daarna naar Huten toe. „Tot ziens, Huten."

Huten pakte allebei haar handen vast. „Tot ziens, Amy. Een goeie reis terug."

Amy knikte lachend. Ze keek om zich heen. „Het was een hele bijzondere week, die ik nooit zal vergeten. Dank jullie wel."

Amy en Ty stapten in en Ty startte de motor. Ze reden langzaam het erf af en Amy zwaaide. Ze glimlachte toen ze Carry langzaam haar arm op zag steken.

„Dit was echt een ongelooflijke week, Ty," zei Amy toen ze op weg waren. „Maar ik kan niet wachten om Heart-land weer te zien. Ik heb jullie allemaal vreselijk gemist. Je moet me alles vertellen. Over iedereen. En alle paarden."

„Nou, dan ben ik nog wel even bezig," lachte Ty. „Maar ik wil eigenlijk liever horen hoe jij het hebt gehad."

„Oké, dan doen we het om de beurt." Amy grijnsde naar hem. „Jij eerst." Ze dacht weer aan de moeilijke tijd die ze hadden gehad voor ze wegging. „Hoe gaat het met Ben?"

„Hij heeft het heel langzaam aan gedaan met Red. Hij is weer helemaal bij het begin begonnen en werkt nu rustig weer omhoog. Hij heeft besloten de volgende wedstrijd niet mee te doen."

„Echt waar?" Amy was stomverbaasd. Ben zou net een klasse hoger gaan rijden, en als hij een wedstrijd over-sloeg, zou dat plan misschien vertraging oplopen.

„Ja. Maar hij vindt het niet erg, hoor," verzekerde Ty

haar. „Hij zegt dat je van tegenslag heel veel kan leren, voor de lange termijn."

„Ja," zei Amy, denkend aan hoeveel ze had geleerd van alles wat er was gebeurd. „Dat is denk ik ook wel zo."

Ze reden een paar minuten zwijgend verder. „Kom op," zei Ty. „Jouw beurt. Vertel eens over jouw week."

Amy keek hem aan. Er was iets waar ze nog steeds over zat te peinzen. „'Alleen een verandering van werelden,'" zei ze langzaam. „'Er is geen dood, alleen een verandering van werelden.' Dat zei Huten tegen me voor ik wegging."

Ty fronste zijn wenkbrauwen. „En wat bedoelde hij daarmee, denk je?"

„Hij had het over mam," zei Amy zacht. Ze staarde even uit het raam. „Ik denk dat hij bedoelde dat haar geest nooit dood zou gaan," zei ze uiteindelijk. „Die geest blijft wel doorleven. In ons. In mij."

Ty knikte. „Ik snap wat je bedoelt. Ik zie Marion in jou, altijd."

Er schoten tranen in Amy's ogen, maar niet van verdriet. Toen ze steeds dichter bij Heartland kwamen, realiseerde ze zich dat sommige dingen nooit veranderden. De warmte van haar thuis bijvoorbeeld, op Heartland, gaf Amy een heerlijk veilig gevoel. Veilig genoeg om niet al te veel in te zitten over allerlei dingen die wél veranderden. En dat gevoel was heel belangrijk.